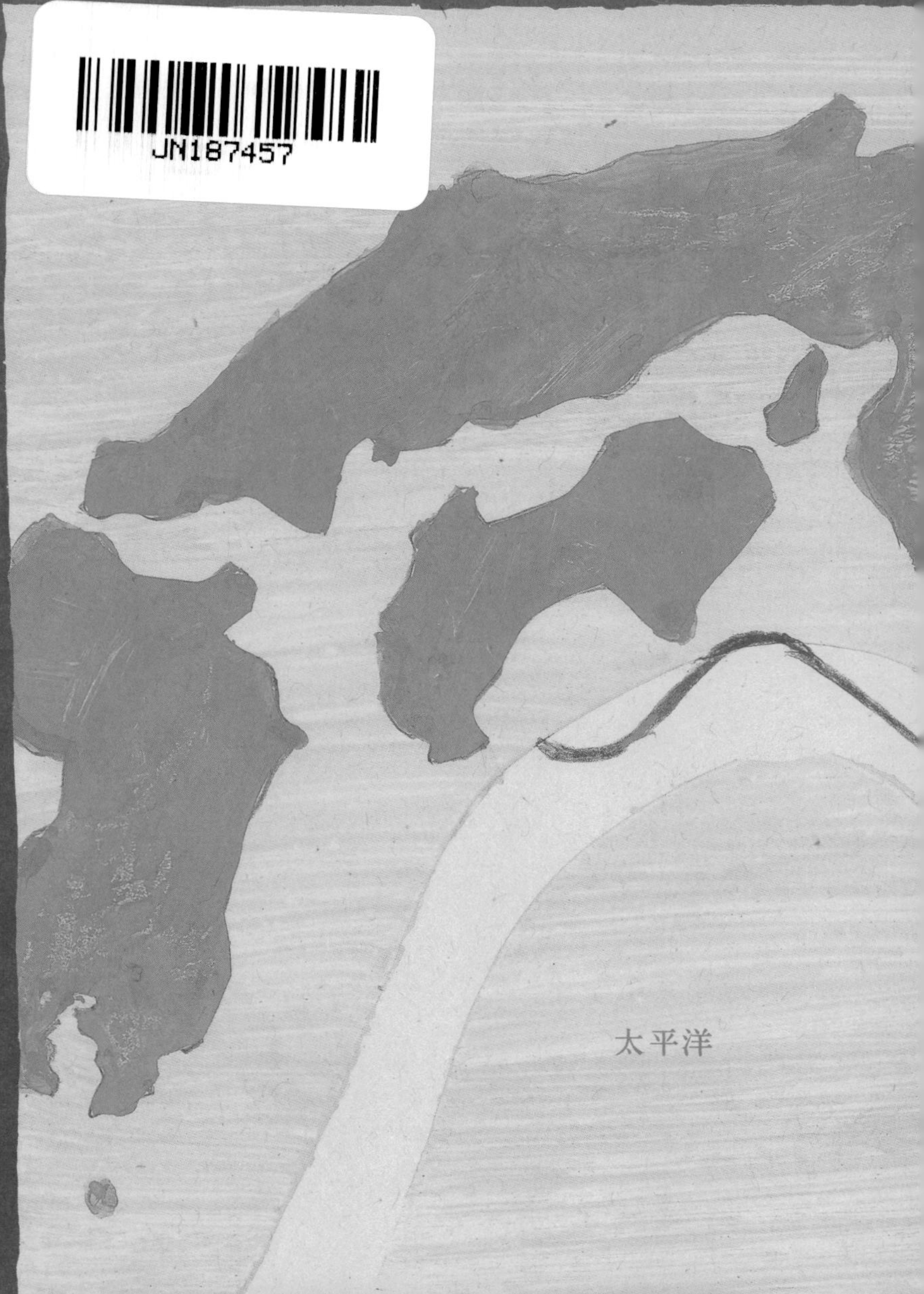
太平洋

地球を初めて
めぐった日本人

万次郎

岡崎ひでたか 作
篠崎三朗 絵

新日本出版社

万次郎——地球を初めてめぐった日本人／目次

一　遭《そう》難《なん》（一八四一年）

1　石臼《いしうす》のはなし

ど、ど、どーん、ど、どーん、

太平洋の荒波《あらなみ》が、岬《みさき》の岸壁《がんぺき》にぶち当たっては砕《くだ》けるひびきが、たえまなく聞こえる。

ここは四国の足摺岬《あしずりみさき》、中《なか》ノ浜村《はまむら》（現《げん》土《と》佐《さ》清水《しみず》市）、小高い日だまりの庭先で、万次郎《まんじろう》は、おもしろくもない米つきをやらされていた。村のえらいじっさまの家での賃仕事《ちんしごと》の最中である。

籾《もみ》をとった玄米《げんまい》を石臼に入れ、杵《きね》を持ち上げ下ろすだけだ。何回もやるうちに、米どうしがこすれあい、みがかれて白くなる。

二八、二九、三〇、三一……、

万次郎には杵の重さがこたえた。しだいに腕《うで》の力がぬけ、杵が少ししか上がらなくなって、腰《こし》がふらついた。

ふっと杵をおくと、藍色《あいいろ》のはてしない海が見わたせる。

――海は広うてえいのう。海には宝《たから》がいっぱいじゃけん。のびのびと漁をしたいのう。

正月を前にした海風が、きょうは顔につきささるようにつめたい。

――米つきらあ、しよってもおもしろうない。これで三臼《うす》じゃ。砂《すな》をちっと入れてつくと、ずっとはよう白米になるのに。

万次郎《まんじろう》は頭をつかって工夫《くふう》する仕事がすきだ。海砂は米よりずっと粒《つぶ》がちいさい。あとでふるいを使えば砂は落ちるからいい。

ところがおとといは、それをやったところを見つかってしまった。

「この野郎《やろう》、砂をまぜた米らあ食えるかっ！」

じっさまに突《つ》き飛《と》ばされ、五回も尻《しり》をけられた。

「とんでもねえガキじゃ。二度とこんなマネしよったら、村からたたき出すぞ」

万次郎は、手のひらのマメをみつめた。

――おかやんは、おれの稼《かせ》ぎをまっちょる。駄賃《だちん》もらわんと、うちには帰れん。

おとやんの悦助《えつすけ》は、まずしい漁師《りょうし》だったが、万次郎が八歳《さい》のとき病で亡《な》くなった。

残されたおかやんは名を「志《し》を」といった。鰹節《かつおぶし》づくりの手伝いや出かせぎで、万次郎の兄と、ふたりの姉、妹と、懸命《けんめい》になって五人の子どもを育ててきた。

兄やんの時蔵《ときぞう》は病弱で、このころの一家は、万次郎の働きで、やっと支《ささ》えていた。

――砂を入れて、やったらえい。見つからにゃえい。

きょうはじっさまがいない。寄《よ》り合いらしい。

――けんど、やめちょけ。こんど叱《しか》られよったら……。

心の声にちゅうちょしたが、万次郎《まんじろう》は、砂《すな》を米にまぜてしまった。これならはかどる。そう思うと、新しい力が杵《きね》を持ちあげ、米をつきつづけた。

ところが、間もなくじっさまが戻《もど》ってきた。

「おう、やりゆうね。あんなことをせにゃ、おまえもえい若衆《わかいし》になれるがよ」

そういいながら、臼《うす》をのぞきにきたから、万次郎はあわてた。見つかる前にと、すばやく走って坂を駆《か》けくだった。どなり声を背中《せなか》にうけると、怖《こわ》くてまともな考えも浮かんでこない。

「もうこの村にはいられねえ」

坂下の浜辺《はまべ》で、さっとぬいだ着物を松の枝にあずけると、下帯《ふんどし》ひとつで海にとびこみ、磯浜沿《いそはまぞ》いに抜《ぬ》き手をきった。磯の波は荒《あら》い。頭からしぶきをあびた。

寒中の海はやはり冷たい。身体が冷え、動きがにぶくなる。

大波が、いくたびも万次郎を飲みこもうと、おそっては砕《くだ》けた。

万次郎の家では、日が暮《く》れても万次郎が帰ってこないので、おかやんは気が気でない。じっさまを訪《たず》ね、仕事の途中《とちゅう》でとび出した理由を聞かされると、顔があげられず、平たくなって謝《あやま》った。

おかやんは、心で自分を責《せ》めていた。

――えい働きもんじゃと、あの子にゃ苦労かけ過《す》ぎた。手伝いばっかりやらしちょったきに、一生まともな職《しょく》にもつけやせん。悪いのはおらじゃった。

万次郎《まんじろう》のゆくえは、「浜《はま》へ駆《か》け下《お》りていった」としかわからない。

「万次郎がおらんなったちゅうが、そりゃいかん」

親戚《しんせき》や部落の人たちは、松明《たいまつ》を手に、手分けして、

「おうい！　万次郎やーあ！」

「まーん　じろーう、やーい！　どこにおるぞう！」

と、呼《よ》ばわりながら探《さが》しまわってくれた。

万次郎が海からあがったところに、髪《かみ》も髯《ひげ》も白銀《しろがね》のじっさまが、舟《ふね》の手入れをしていた。

「よっ、威勢《いせい》のえい子じゃのう。ほい、これで体をふけ」

投げてもらった布《ぬの》で、水気をぬぐい、礼をいうと、「寒さにゃ負けんわえ」と駆《か》けていく。

そこは隣村《となりむら》の大浜《おおはま》だった。

木立のなかにお宮がある。のぞくと房《ふさ》の下がった白い幕《まく》がかかっていた。社殿《しゃでん》にはいった万次郎は、

「ひと晩《ばん》、貸《か》してくだされ」と幕を体にくるんでごろ寝《ね》した。

それでもさむい。さむくて寝られない。万次郎は考えていた。

──おれがいかん。米に砂《すな》を入れ、いやなことから逃げちょった。それも謝《あやま》りもせんと……。

そこを明け方、探しにきた叔父《おじ》が見つけた。知らせを受けたおかやんは、はだかと聞いて、着るもの一組と「どんさ」をつつんで駆けつけてきた。

「はようこれ着ろ。どんさで温めろ」

「どんさ」とは、古い布を何枚《なんまい》もかさねて入れた海の防寒着《ぼうかんぎ》である。漁師《りょうし》になる日を予感して、おかやんが夜なべに縫《ぬ》っておいてくれたものだ。

つぎはぎの着物でも着て、どんさを手にすると、万次郎《まんじろう》はそれに顔をうずめた。じわっと湧《わ》いた涙《なみだ》をかくした。おかやんの温《ぬく》もりがある。

「すまんねえ、おかやん。けんど、米つきしちょったらまっぽ（将来《しょうらい》）がくらい。おれ、漁師になりたい。いっちょ前の海の男になって、おかやん楽にしてやりてえ」

「おかやんが悪かったよ、おまえばかり頼《たよ》りにして。おまえも男だ。漁師で身を立てるやったらおやり。どこぞの船頭《せんどう》にたのんじゃるけん」

おかやんは座《すわ》りなおして、万次郎の眼《め》を見つめた。

「けんど、仕事にゃ、つれいことがつきもんじゃ。苦しゅうても責任《せきにん》ちゅうもんがあるじゃろ。それをやりぬかんと世の中、だれも相手にしてくれんよ」

「ああ、おれ、反省しちょる。こんなえいかげんなこと、もうやらんと約束するけん」

浜にいくと、長さ四間《けん》（約七・三メートル）ほどのカツオ舟《ぶね》が、運び荷を揚《あ》げていた。立ち会っていたじっさまは、きのう万次郎が出会った漁師だ。

「この子は、お志《し》をさんくの倅《せがれ》かよ。はつらつしとってえい若者《わかもの》じゃ。親父《おやじ》のように漁師になるちゅうなら、もう乗る舟《ふね》を決めんといかんのう」

「松造《まつぞう》さん、これは万次郎《まんじろう》というて、もうすぐ一四歳《さい》、お世話くださる船頭《せんどう》さんをさがしよります」

「ちょうどええ。この舟の船頭さん、宇佐《うさ》の漁師《りょうし》やけんど、わしがほれこんだ船頭さんよ」

「この子は釣《つ》りにいくと、兄やんが一匹《ぴき》も釣れんでも、必ず魚をもって帰る。そういう子ですけん」

それを聞いていた船頭が、おかやんにいった。

「そうかい、そりゃ楽しみじゃ。漁師になるちゅうなら、わしの舟に乗せちゃるけん」

とんとん拍子《びょうし》とはこのこと、天保《てんぽう》一一年の年も暮《く》れゆく一二月二五日、万次郎は、高知のお城《しろ》にちかい宇佐浦《うさうら》の船頭、筆之丞《ふでのじょう》の厄介《やっかい》になることになった。

2　年初めの出漁

はたはたと白帆《しらほ》が風に鳴りつづける。この途方《とほう》もないひろい水面下に、海の宝《たから》がいくらもいる。万次郎は、太平洋の潮《しお》のかおりを胸《むね》いっぱいに吸《す》いこむと、海ではたらく誇《ほこ》らしさがみなぎってきた。

「五右衛門《ごえもん》兄やん、海はえい。光がいっぱいじゃ」

「はっはっはっは、舟の乗り始めで何をいいよらあ。漁師は嵐《あらし》におうたら、海の藻屑《もくず》になることもあるぜよ」

「おれは平気じゃ。海の男になるんじゃけん」

五右衛門は船頭の弟で、一つちがいの一五歳、この男とだけは兄弟のような口がきける。

正月五日の初漁で、万次郎《まんじろう》をふくめ漁師《りょうし》五人、筆之丞《ふでのじょう》の舟《ふね》に乗りこんだ。

万次郎は、漁師見習いの「かしき」でメシ炊《た》き役、釣《つ》り針に餌《えさ》を刺《さ》したり、釣れた魚の釣り針をはずしたり雑役《ざつえき》をする。かしきは「魚はずし」ともいわれた。

「新年早々の初漁や。ことしの運だめしじゃけん」

そういう船主に見送られて出漁した。二泊《はく》三日の漁である。

漁場は宇佐浦《うさうら》から西南へ十四、五里（一里は約四キロメートル）、スズキとサバをねらったが一匹《ぴき》も獲《と》れず、その晩《ばん》は岬《みさき》のかげに錨《いかり》をおろし、舟で仮寝《かりね》した。

「漁師じゃに、ぜんぜん獲れんなんて……」

万次郎にはふしぎだ。

出漁二日めにも、たった十四、五匹の小魚しかとれず、三日めをむかえた。

「きょうこそは」と足摺岬《あしずりみさき》の東へ数里出た。つよめの風で帆《ほ》をおろす。うねりが高く、ぴしっとした寒さだ。

すると、日の出前からアジが釣れはじめた。やすむ間もない。次つぎに銀のうろこを輝《かがや》かせ、ピチピチはねるアジが、おもしろいようにあがる。

沖《おき》でむかえる日の出は、海をまばゆい黄金の世界に変える。赤く燃《も》える太陽から船まで、金色の波がゆらゆらつづく。船頭《せんどう》、筆之丞の顔がやっとゆるんだ。

「この分なら旦那《だんな》に顔むけできるろう。できりゃあサバにスズキをうんと積みたいがのう」

旦那《だんな》とは、舟《ふね》の持ち主徳右衛門《とくえもん》のこと、筆之丞《ふでのじょう》は雇《やと》われ船頭《せんどう》だった。

こうも釣《つ》れたらはりあいがある。漁獲《ぎょかく》が少ないと、四日でも五日でも漁をつづけるのだ。

「大漁じゃけに、予定どおりに帰れるねや」

重助《じゅうすけ》に聞いても「ああ」というだけ。重助は船頭の弟で二四歳、働きざかり。

巳《み》の刻《こく》（午前十時）のころ、いきなりの突風《とっぷう》に、舟ははげしくゆすぶられた。

「やっ、こりゃこわい」

船頭が声をあげた。北寄《きたよ》りの西風が北東に変わると、龍《りゅう》のような勢《いきお》いで、渦《うず》まく黒雲がおそってきた。

「ありゃあ何でえ。渦かよ、龍のしっぽみたいながは」

「竜巻《たつまき》ぞう、はなれや、早う！」

あっという間に、海はきびしい様相を見せた。

白い波頭《なみがしら》から飛ぶしぶきに、顔をたたかれる。舟はもまれ、ぎしぎしきしみを鳴らす。

寅右衛門《とらえもん》と重助で、二丁の櫓《ろ》を漕《こ》ぎにこぐ。三人は帆柱《ほばしら》をぬいてねかせた。

寅右衛門も練達《れんたつ》の漁師《りょうし》で、船頭の隣家《りんか》にすみ、何ごとも器用にこなす二五歳の若者《わかもの》だ。海を知りつくした舵《かじ》とり筆之丞、あわてず、たくみに波を越《こ》えていく。

竜巻《たつまき》は、間もなくとおくへ去っていった。戻《もど》ってくるとき、万次郎《まんじろう》はめしを炊《た》いた。

むすびにしたころは、波しぶきもおさまって、舟をとめてひと休みした。

「えいあんばいじゃけんに。メシ食うてようすを見るか」

海水はにごっていたが、箱メガネで水中を見ていた寅右衛門《とらえもん》の、はずんだ声がした。

「船頭《せんどう》、ここらはサバがよう遊びよる」

「おっ、タイも泳ぎよろ。えい漁場じゃあ」

「おうさ、ここではえ縄《なわ》はるか。よし、一〇本だ！」

筆之丞《ふでのじょう》のさしずで、ふとい長い幹縄《みきなわ》を海面下にはる。浮《う》き木がついていて沈《しず》まない。幹縄には等《とう》間隔《かんかく》で、たくさんの釣《つ》り糸がたらしてある。その先の釣り針《ばり》には、万次郎《まんじろう》と五右衛門《ごえもん》に刺された生餌《いきえ》のカタクチイワシが泳ぐ。

釣り針の餌刺《えさ》しは、目がまわる忙《いそが》しさだ。それなのに、縄をおろす者にはじれったい。

「なにぐずぐずしよる。早うしや！」

「五右衛門おそいぞ。万次郎に負けるなっ」

一〇本のはえ縄をおろし終わらないうちに、もうサバがかかりはじめた。

「ほら、今度はこっちだ」「次は向こうだ」

魚の釣り上げがつづく。脂《あぶら》がのってはち切れそうなサバが、銀の光をおどらせる。

「これで、きょうは大漁じゃあ」

サバに夢中《むちゅう》でいるうち、西から赤黒くたれた雲が急にひろがり、海面はぶきみな暗さにおおわれた。「しもうた！」と気づいたとたん、いきなり北西の風がうなりをあげ、背丈《せたけ》よりも大きなうねりが舟《ふね》をおそった。

「縄《なわ》をあげろ！　獲物《えもの》どころか。急げ！　えらい荒《あ》れになりそうじゃ」

縄の引きあげだ。海の変化は速い。舟は木《こ》っ葉《ば》のようにゆれ、どうと海水が流れこむ。

「間にあわん。もうよい。縄を切れ！」

縄は六本までで、あとは海中に捨《す》てていく。

「急げ！　とにかくはよう岸につけろ！」

櫓《ろ》をにぎる重助《じゆうすけ》と寅右衛門《とらえもん》は、渾身《こんしん》の力をこめて仁王《におう》さまのよう。

それでも舟を飲みこもうと、大波が正面からおそう。

筆之丞《ふでのじよう》はそれを避《さ》けずに波を乗りこえる。逃《に》げ腰《ごし》でよけたら横波をくらい、ひとたまりもない。

船頭《せんどう》の胆力《たんりよく》が試《ため》されるのだ。

辺りには、とうに一隻《せき》の漁船も見あたらなくなっていた。

3　黒潮《くろしお》の流れに

大きなうねりがくると舳《へさき》は天をむき、うねりに上がれば尻《しり》が宙《ちゆう》にういて、いっしゅん舵《かじ》も切れず、櫓《ろ》は空を漕《こ》ぐ。舟は半ば自由をうしなう。

五右衛門《ごえもん》が、歯をがちがちさせてしがみついた。

「万次郎《まんじろう》、大丈夫《だいじょうぶ》かよ。舟がこわれやせんかよ」

「なんの、こんな波や風でこわれよったら、なんぼ舟を造《つく》ってもたりやせん。海の男は、これぐらいゆれねえと、はりあいがないわえ」

舟底《ふなぞこ》には、釣り餌《え》がおよぐ生簀《いけす》と、釣りあげた魚の仕切りもある。そこに波が流れこむと、水の重みで舟の動きがにぶくなる。そのたまり水を漁師《りょうし》は「アカ」(淦)といった。

万次郎と五右衛門《ごえもん》は舟の梁《はり》にもたれ、手桶《ておけ》でアカをかい出す。

舟は大波にのると宙《ちゅう》にうき、いきなり波底にどすんと落ちる。そのたびに梁でごつん、と胸《むね》を打つ。たまらない痛《いた》さだが、声をあげるどころでない。

足摺岬《あしずりみさき》とは、逆《ぎゃく》むきの風が体当たりでおそい、大波に妨《さまた》げられて舟は押《お》されぎみだ。

「だいぶ東まわりの南よりじゃ。けんど、足摺はすんぐそこ。気をゆるめなよ。全力で漕げ」

もう岸に着いていいのに、灯火《とうか》のない嵐《あらし》の海上に夜がきた。ギシ、ギシッと鳴るきしみ音に、さすがの万次郎も心ぼそい。さらに雨も降《ふ》りだした。

ガシッと、重助《じゅうすけ》の櫓《ろ》が音をたてた。「ああっ! しまった」という間もない。

櫓の柄《え》が折れ、櫓はたちまち波にさらわれ、流れていく。波の力が異常《いじょう》に強すぎたのか。

「ちくしょう!」

「たいへんじゃあ。いのちの櫓じゃにぃ……」

雨が本降《ほんぶ》りになり、それが、みぞれになった。

身体《からだ》が凍《こお》りそうだ。手足がかじかんで動きがきかない。

寅右衛門《とらえもん》が、かじかんだ手を舟べりでたたいた、その片手《かたて》をはなした瞬間《しゅんかん》、櫓縄《ろなわ》がぶすっと伸《の》び、櫓が浮《う》いて見えた。寅右衛門がつかみなおそうとした一瞬《いっしゅん》の差で、櫓は舟《ふね》からはなれた。思わず体を伸ばした寅右衛門、波の勢《いきお》いで身体がのめった。

「あぶねえーっ！」

万次郎《まんじろう》が、寅右衛門の下半身を夢中《むちゅう》で抱《かか》えた。体重すべてを預《あず》けて、ころがるように舟に引きこんだ。

「あ、あっ、あーっ……」またも櫓が、あっけなく波浪《はろう》に奪《うば》われてしまう。ため息もできない。波がどっと打《う》ち込《こ》んでくる。

「櫓をとられてしもうたあ！」

「え？　えーっ……、そいつは、おおごとじゃあ」

五人は棒立《ぼうだ》ちで、暗闇《くらやみ》に消えた櫓を探《さが》そうとした。

叫《さけ》びをあげる風、あばれ狂《くる》う波と潮《しお》の流れに、舵《かじ》も思うにまかせない。

亥《い》の刻《こく》（夜十時）、舟は完全に自由を失った。

「なむ、金毘羅大明神《こんぴらだいみょうじん》さまに、住吉《すみよし》の神さま」

「お釈迦《しゃか》さまあ、弘法《こうぼう》さまあ、竜神《りゅうじん》さまあ」

手を合わせ、知っている神仏《しんぶつ》の名をあげて祈《いの》るしかなかった。万次郎も目をつむった。

「運を天にまかせるけん」

だが、すぐ手さぐりで手桶《ておけ》を手にした。

「アカを出さんと、運は向いてきやせん」

水がたまると、舟《ふな》べりが低くなり、海水が流れこみやすい。水の搔《か》いだしに全力をあげなくては、神さまだって守《まも》れないのだ。重助《じゅうすけ》も寅右衛門《とらえもん》も、手桶でアカを搔いだした。

波音が高まる。はげしいゆれ、舟は翻弄《ほんろう》されるままだ。五右衛門《ごえもん》が、大声で泣きだした。

「おれらあ、どうなるやあ」

「この野郎《やろう》、それでも男かっ！」

筆之丞《ふでのじょう》が、げんこつをふりおろした。

ギイッ、ギイッ、舟のきしみ音がやまない。万次郎《まんじろう》も不安で、肝《きも》がちぢみそうだ。

それでも自分のやることを考えた。

「冷えた身体《からだ》にゃ熱い粥《かゆ》が一番ぞ」

手さぐりで、釜《かま》には米と水を、コンロには薪《まき》と火付けを入れると、火打ちの石を打つ。

舟がゆれ釜の水がこぼれる。手がかじかんで火打ちもむずかしい。手をふり、たたき、こすったりして、あきらめず何度もやりなおすと火がついた。減《へ》った水を足す。

大ゆれで釜の蓋《ふた》も落ち、水も米もこぼれそうだ。どうしたらいい？

とっさに、釜のふたに身体をかぶせた。

熱い！　熱い、だが、ゆれてもこぼさない方法は、これしかない。

身体《からだ》を乗せたままで薪《まき》を足したり、やがてお粥《かゆ》が炊《た》けると、どんぶりで配った。

「ああ、人心地《ひとごこち》がつくわ。万次郎《まんじろう》、おおきに」

みな喜んでお粥をすすった。こうしてシケと寒さ、暗黒の不安に耐《た》えつつ、夜を明かした八日の早朝、万次郎は思わず声をあげた。

「陸地が近いみたいです。あ、あ、家も見える」

「室戸岬《むろとみさき》にちがいない。あそこならクジラ番所があるけん。さあ、そこに知らせるぞ」

番所では、クジラを見つけるために見張《みは》りをおく。漂流《ひょうりゅう》船を発見すれば、救助《きゅうじょ》の船を出すはずだった。室戸は同じ土佐《とさ》の国だ。

「おーい、おーい、助けてくれーい！」

「おーい、聞こえんがかあ、助けてくれーえ！」

声の限《かぎ》り、手ぬぐいをふって叫《さけ》んだ。が、叫びは嵐《あらし》が消した。陸地から何の反応《はんのう》もない。

「おれらあ、神、仏《ほとけ》にも突《つ》きはなされてしもうたかあ」

むなしく舟《ふね》は流されていく。たしかに潮《しお》の流れにのってしまった。

「けんど、また、ほらあ、陸地が見えちょります」

雲の彼方《かなた》に紀州《きしゅう》（和歌山県）の山々がかすんで見えてきたが、それも、はかなく消えていく。

それから雨が雪に変わり、一時は吹雪《ふぶ》いた。

九日も北西の風が吹《ふ》きまくって、やはり荒海《あらうみ》にもまれ、ギィーッと舟《ふね》はきしむ。

海面はぶきみな黒さだ。

「こいつ、地獄《じごく》にいく川じゃないかよう」

その五右衛門《ごえもん》を船頭《せんどう》が叱《しか》った。

「縁起《えんぎ》でもないこと、言うたらいかん!」

一〇日は風がよわまった、が、舟は急に速度がついた。万次郎《まんじろう》は知りたい。

「船頭、どうなっちょるんで。これは?」

「こりゃあ、黒瀬川《くろせ》(黒潮《くろしお》のこと)というてねや、カツオやマグロを連れてくる海の中のありがたい川じゃ。けんど、これにのってしもうたら……」

「世界の果てまで連れていかれるのだ」とは、口にできなかった。

一二日、ようやく晴れたが風波は高い。

米を炊《た》くのもさいご、炊いたら水は一滴《てき》もない。残りの魚は腐《くさ》ってきた。このまま漂流《ひょうりゅう》がつづいたら、もう全員が飢《う》えて死ぬしかない。

黒潮の大蛇行《だいだこう》　黒潮は太平洋最大の海流で、日本列島に沿《そ》って、幅《はば》約一〇〇キロメートル、分速九〇メートルほどで流れる暖流《だんりゅう》で海面は藍黒《あいこくしょく》色。数年ごとに東海沖《とうかいおき》に大冷水塊《だいれいすいかい》ができる。すると黒潮はそれを除《よ》けて、大きく南へ迂回《うかい》して房総《ぼうそう》半島沖に向かう。それを黒潮の大蛇行という。

万次郎たちの舟は、蛇行した黒潮の急カーブの辺りで、分流にはじき出され、鳥島の方に漂流した。蛇行してなければ、助《たす》かる可能性《かのうせい》はゼロに近い。

二　危《き》機《き》（一八四一年）

1　藤九郎《とうくろう》の島

見わたすかぎり空と海だけの世界であった。心細さも限界《げんかい》のまま、一三日になっても舟《ふね》は流されていく。食糧《しょくりょう》も水もなくなったままだ。

——もうだめか。この世の果てまでいってしまうのか。

四人は、くたっと、ごろ寝《ね》していた。しかし、万次郎《まんじろう》はあきらめきれない。船か島が見つからないか、しきりと目を働かす。

ふと、はるか前方の空に、小さな点が動いた。

——む、あれは……、鳥かもしれん。ほいたら……、

ほわっと、希望が芽ばえてきた。

「よう島だあ、前の方に島があるかもしれんぞう」

万次郎の声に、四人は、がばっと身体《からだ》をおこした。船頭《せんどう》が立ちあがってながめた。

「たしかに動いとる。あれが鳥なら島があるぞ。万次郎は遠眼《とおめ》がきくのう。ええか、島を見落とす

な」

翌《よく》一四日には、群《む》れ飛《と》ぶ鳥がはっきり見えた。

万次郎《まんじろう》は、助《たす》かったとおもった。

昼ごろになって、前方に島が見えはじめた。

「島だあ、島だあ、あの島を逃《のが》いたらいかん。合図したら舟板《ふないた》で水をかくがぞ。ええか」

嵐《あらし》でねかした帆柱《ほばしら》を立て、帆をはった。舵《かじ》は使える。舟板で水をかくのは、潮《しお》の流れから抜《ぬ》け出すのに、帆に加勢《かせい》するためだ。

舟板は幅《はば》があるし厚《あつ》いし、重い。かかえて水をかくにはすごい力がいる。でも、すきっ腹《ぱら》でも、助かりたい気持ちは一つ。死よりも生をえらぶとなれば、意気ごみがちがった。

近づくと、そこは夢《ゆめ》のような鳥天国だった。白い大きな鳥の群《む》れが、空一面に乱舞《らんぶ》しつづけ、波にゆられて海上にやすむ鳥も数えきれない。

「ありゃ藤九郎《とうくろう》じゃあ！」

五右衛門《ごえもん》が叫んだ。

アホウドリを藤九郎といっていた。土佐《とさ》の海でも、たまには見かけたことがある。

「島の山すそが白いのは何じゃや。雲か、いや花じゃろうか」

近づいて驚《おどろ》いた。斜面《しゃめん》が一面、藤九郎の群れですきまなく埋《う》まっていた。

「すっげえ。こりゃあ藤九郎の島じゃいか」

島の北側に近よると、切り立った崖《がけ》が上陸をはばみ、岩場も舟を寄せつけない。

「ここは鬼《おに》が島じゃろ。おれら、鬼に食われちまうじゃないか」

五右衛門《ごえもん》は泣きそうな声を出した。たしかに、岩と崖ばかりの島の様相は恐《おそ》ろしい。

「海に流されちょったら、どうせ死ぬがや。島なら水も食いものもあるろうが」

重助《じゅうすけ》にいわれて、五右衛門はだまった。万次郎《まんじろう》が改まって提案《ていあん》した。

「かしきからお願いです。上陸する浜《はま》を見つける前に、魚を釣《つ》りましょ。魚がおるから鳥がおるんじゃろ。餌《えさ》は傷《いた》んだ魚でためしてみましょう」

黒潮《くろしお》では舟が止められず、漁どころでなかった。波のよわいところに錨《いかり》をおろし、釣《つ》り糸をたらしたら、すごい。万次郎はすぐに七寸《すん》（一寸＝約三センチメートル）大の赤魚をあげた。

「わーい！　釣れた、釣れた。どうです」

「こいつは豪勢《ごうせい》だ。アカバ（ユメカサゴ）じゃいか」

「いばるな万次郎、おれだって、ほれ、これ見ろ」

タイに似《に》ているが、アカバは棘《とげ》がつよい。五右衛門も寅右衛門《とらえもん》も、大物を釣りあげた。

とれた魚を刺身《さしみ》にすると、みな活力がでてきた。

島の南東部にまわると、わりと波がおだやかで、平らな浜がある。

大きな波に乗って、舟を岸に寄せる。ところが、ガッガッガッと、かくれ岩に乗りあげ、舟が動かない。だが、つづくうねりに、ふわっと舟が浮《う》き上がった。が、次の波がくるや、ガ、ガ、ガッ、ガッシーン！　別の岩に激突《げきとつ》し、舟《ふね》は転覆《てんぷく》した。
その勢《いきお》いで、万次郎《まんじろう》は海にはねとばされた。五右衛門《ごえもん》も寅右衛門《とらえもん》もとばされていた。

驚《おどろ》いてはいられない。万次郎は陸に向かって泳ぎきり、岩場に立ってふり返ると、とばされたふたりも泳いでくる。

——船頭《せんどう》と重助《じゅうすけ》さんはどうした？

舟底を上に、ぷかぷかしていた舟が、大波にまた浮《う》き上がると、裏《うら》がえしのまま岩に激突、砕《くだ》けた。船頭と重助は、ばらばらになった舟から姿《すがた》をあらわした。

——重助さん、おかしいねや。どうしたがやろ。

筆之丞《ふでのじょう》が助けて、重助は、なんとか岸まで泳ぎついたが、顔をゆがめて、はげしい痛みに耐《た》えているようだ。あの衝撃《しょうげき》で足を骨折《こっせつ》したらしい。筆之丞と寅右衛門が、肩《かた》をかして重助を上陸させると、そのまま休める岩場へかついでいく。

そのとき万次郎は、「あっ」と、大声をあげた。

「しもうた、火打ちの袋《ふくろ》がない」

ふところに入れてあったたいせつな袋だ。

「落としちょったけん、わし探《さが》してくるだ」

万次郎は、また海にとびこんだ。

舟板や道具をとりに、五右衛門と寅右衛門も、あとにつづいた。

水は透明《とうめい》だった。舟がこわれたあたりの海底、岩かげ、泳いだところ、万次郎《まんじろう》は、カニのように水中を這《は》いずりまわったが、火打ち石は見あたらない。

――あれがないと、火をおこせん。煮炊《にた》きができん。げにまっこと、おれの責任《せきにん》じゃ。

米つきの反省から、つらくても仕事の責任は果たすと心に決めたのに、また失敗した。

船頭《せんどう》もびっくり、えらいことになったと思っただろう。しかし、舟《ふね》も釣《つ》り道具も失った災難《さいなん》である。むしろ、万次郎の責任の感じ方に感心したようだ。

「仕方ない。わしもあきらめる。何とかなるろう」

――火がないと、何でも生でしか食うことができん。かしきは、これからどいたらえいろう。

鳥島　万次郎たちが漂着《ひょうちゃく》した島は、伊豆諸島南端《いずしょとうなんたん》の「鳥島」だった。鳥島は東京の南方、やや東より約五八〇キロメートル、直径二・五キロメートル、周囲は約七キロメートル、ほぼ円形の小火山島で、一時間足らずで中央を歩いて横断《おうだん》できる。灌木《かんぼく》はあるが、木らしいものはない。後の二回の噴火《ふんか》で、ほら穴《あな》が溶岩流《ようがんりゅう》によって埋《う》まるなど、ようすが変わった。いまは島全体が天然記念物に指定されている。

2　無人島のくらし

住む場所さがしで、島の南側にほら穴を見つけた。

「鬼《おに》の棲《す》みかじゃないかよ」

五右衛門《ごえもん》はびくついたが、万次郎《まんじろう》がはいってみると、入り口はせまいが中は平らで、畳《たたみ》なら一四、五枚《まい》ほどの広さ。天井《てんじょう》の高さも背丈《せたけ》の二倍はある。

「おあつらえ向きじゃ。舟板《ふないた》を並《なら》べりゃ、舟《ふね》よりよう寝《ね》れらあや」

住みかが決まると、寅右衛門《とらえもん》と万次郎は水さがしに歩きまわった。

雨水がたまった岩の窪《くぼ》みがあった。久《ひさ》しぶりの水のうまさに渇《かわ》きを癒《いや》し、やっと人心地《ひとごこち》がついた。

こうして、五人の無人島くらしが始まった。天保《てんぽう》一二年一月一四日（新・一八四一年二月五日）である。

藤九郎《とうくろう》の鳴き声が、「あー、あーあ」と、赤ん坊《ぼう》の泣き声に似《に》ていて、けっこうさわがしい。人家はないだろうか、注意してまわったが、見つからない。

「食いもんは藤九郎じゃ。びっしりおる。あいつを食いよったら、何年でも生きられらあ」

そんな話をしながら、五右衛門と捕《つか》まえに行く。鳥は、人間を知らないから逃《に》げない。捕まえるのはたやすいが、殺すのはつらかった。

羽《はね》をむしり、舟板の釘《くぎ》で裂《さ》いた肉を海水で洗《あら》い、うすい塩味でかじってもらった。

「鳥の刺身《さしみ》か、ううん、まんざらでもないのう」

五羽捕まえて、肉が半分残ったので、石の上に並べて干《ほ》し肉《にく》にする。

岩のたまり水はすぐなくなった。岩かげからしたたる湧《わ》き水を発見して一つの水桶《みずおけ》にためた。それだけでは足りないから、貝殻《かいがら》まで集めて、少しでも雨水をためるようにした。

島での主食は藤九郎《とうくろう》だった。しかし、火を使わないから、そのうち見るのもいやになってきた。万《まん》次郎《じろう》は、裂《さ》いた肉を石の上でたたいて、うすくし、海水にひたして天日で干《ほ》した。そうすると、ずっと味がよくなり食べやすい。

そして、ほんのわずかでも、磯《いそ》で海藻《かいそう》をひろい、貝をひろった。重助《じゅうすけ》はむりだが、ほかの仲間はみな、食材集めと水さがしに歩いていた。

ある日のこと、筆之丞《ふでのじょう》と五右衛門《ごえもん》について登った山で、石づみを見つけた。どう見ても二つの墓《はか》である。石に文字が彫《ほ》ってあるが、苔《こけ》むして読めない。

「わしらみたいに、漂流《ひょうりゅう》してここにたどり着いたもんがおったもんじゃのう」

と筆之丞がいうと、五右衛門は、泣きそうにいった。

「ふたり、ここで死んだがや。おれらも、こういう運命になるがじゃろうか」

「どうなろうと運命や。あきらめるんじゃい!」

筆之丞はつらそうに、いい放った。ところが万次郎は、明るくこういった。

「けんど、墓をつくった人たちは、故郷《ふるさと》に帰っちょったがやろ。大きな船なら二〇人とか、小さい舟《ふね》でも五、六人はおったろうに、墓は二つ。おれ、帰れる希望がもてたです」

そんな万次郎を、筆之丞はじいっと見つめた。

「ほう、ほかのもんはしょげちょるに、万次郎は活《い》き活きしちょる。それ希望じゃけに」

さて、万次郎は、やはり魚を獲《と》りたい。漁師《りょうし》たちは魚なしではその日が送れない人種である。まわりは海で、いくらでも魚がいるのに、釣《つ》り道具は舟《ふね》とともに波にうばわれて、何もない。万次郎《まんじろう》は、ぼんやり藤九郎《とうくろう》の群《む》れをながめていて、はっと、ひらめいた。

――しめた。えい方法がある。

藤九郎の親は、ひなのために魚を飲みこんでくる。万次郎は、海からもどってきた親鳥をつかまえ、くびを締《し》めて、げっ、げっ、と魚を吐《は》きださせた。

――すまねえ、この子にゃもう一度捕《と》ってきてくれ。

三羽《わ》、四羽とつづけると十数匹《ひき》獲れた。「うまくいったぞ」と、その魚を着物にくるんで帰ってきたら、四人はびっくりして目をみはった。

「おまん、どうやって釣《つ》ってきたがぜよ」

「藤九郎にたのんで、捕ってもろうたがよ」

とにかく久びさの魚だが、うろこを剥《は》ぎとってかぶりつくと生ぐさい。釘《くぎ》を刃物《はもの》にして、はらわたを掻《か》きだし、すこしは刺身《さしみ》らしくした。

四月も末のある晩《ばん》だ。寝《ね》ていると、ほら穴《あな》の住まいが大ゆれにゆれた。岩のくずれる大音響《だいおんきょう》に、五右衛門《ごえもん》がさわいで泣き声をだした。

「大地震《おおじしん》だ。ここがくずれたら埋《う》まってしまうぞ」

地震がおさまると、ほら穴は無事でも、上の岩がくずれおち、入り口が埋まっていた。

「閉《と》じこめられちょったか。まっことついちゃあせん」

「困《こま》ったのう。外に出れんじゃいか」

地底の国におちた気分が、ほら穴にこもった。それでも朝になると、わずかなすき間から、一条《ひとすじ》の光が差しこんできた。万次郎《まんじろう》がつぶやいた。

「ありがたい。すき間を大きくすりゃ出られるわ」

四人で岩を動かし、土をとりのぞくと、どうやら出入り自由になり、ほっと息をついた。

春も終わろうとする朝のことだった。

「む、おかしいのう。藤九郎《とうくろう》の鳴き声がしようらん」

代わって波と風の音だけが、聞こえる静けさだ。

外にでて空をあおいだ万次郎は、「あ、あっ」と自分の眼《め》をうたがった。

飛《と》び交《か》っていた無数の鳥が一羽もいない。からんとして青空がひろがっている。

一面に白かった斜面《しゃめん》にも、海面にもいない。

「どういうことだ。藤九郎、どこへいったがで」

「死ぬまで食うに困らん」はずの食糧《しょくりょう》は、巣跡《すあと》に羽毛《うもう》やら糞《ふん》やらを残して、消え去った。

万次郎たちは、藤九郎が渡《わた》り鳥であることを知らなかった。子育ての時期には、海にむいた傾斜地《けいしゃち》に、足のふみ場もないほどびっしりいたのに、成長した若鳥《わかどり》をつれて、北国をめざし旅立ったのである。

「あの肉には飽《あ》き飽きしちょったに、勝手なもんよ。おらんとなると困った。淋《さび》しいのう」

「もう帰ってこんろうか。藤九郎《とうくろう》の島じゃないのかよ」

耐《た》えられないようなさびしさだった。

万次郎《まんじろう》は、顔じゅう髯《ひげ》でうずまっていた。仲間はみな同じだ。身体《からだ》じゅうがかゆくてたまらないし、掻《か》くとおできになるし、ちょっとした傷口《きずぐち》もふさがらず、じくじくする。

藤九郎がいなくなると、五人とも、考えることといったら食べ物のことばかり。重助《じゅうすけ》以外だれもが、毎日、食さがしに目の色を変えた。木の芽、海藻《かいそう》、貝など、採《と》ったものはすべて五人で分配し、わずかずつでも飢《う》えをしのいだ。

一番わかい万次郎が、五感がよく働くせいか、いつも一番おおく食料をもってくる。かしきとしての責任《せきにん》から、みんなのためと懸命《けんめい》になっていた。

食糧難《しょくりょうなん》だけでない。三か月も雨が降《ふ》らず、水がなくて苦しんだ。日を増《ま》すごとに、飢《う》えと渇《かわ》きで身体がやせ細っていくばかり。もうろうと目の前がかすみ、立つだけで足がふらつく。重助の足はよくならない。筆之丞《ふでのじょう》も伏《ふ》し寝《ね》がちだ。もはや死をまつしかなくなった。

万次郎は、どんさを胸《むね》にあて、おかやんを想《おも》った。

「おかやん、わし、死にとうない。死にとうないちゃ」

アホウドリ　成鳥は羽《はね》を広げると二メートルをこえ、体重五~七キロ。三一歳《さい》でヒナを育てるほど寿《じゅ》命《みょう》が長い。アホウドリは、天敵《てんてき》のいない孤島《ことう》で産卵《さんらん》し、子育ては冬から春先。夏はアリューシャン、アラスカ方面にわたる。かつては北西太平洋の島々に、数十万羽いたという。明治期より羽毛《うもう》を採《と》るための捕獲《ほかく》で、絶滅寸前《ぜつめつすんぜん》になったが、特別天然記念物に指定、保護《ほご》されて回復《かいふく》しつつある。年に一個《こ》しか産卵《さんらん》しないので、急速にふやすことはできない。

3　異国船《いこくぶね》あらわる

筆之丞《ふでのじょう》は、とがった石でほら穴《あな》の壁土《かべつち》に、一日一本の線を書き、五本で正の字にした。正が六つで三〇日たったことになる。それで日付を知るようにした。それによると、五月九日の朝のことであった。

万次郎《まんじろう》でさえ、起きあがる気力が失《う》せていた。

「わあい！　船や、船やあ、船がとおるぞう！」

五右衛門《ごえもん》の叫《さけ》びに、むっくり身体《からだ》が反応《はんのう》した。

「ほれ、あれ見ろ。船じゃろが」

朝焼けの海のはるか遠く、南の海上に、朝日に映《は》えた白い点があった。眼《め》をこらすと、点のような小さなそれは、たしかに動いている。

「船や。まちがいない」

あとふたりも外にきた。白い点ははっきりしてきて、ゆっくり、しだいに近づいてくる。

「おおっ、まっこと船や。船や。五右衛門でかした」

その白い点は、一刻《いっとき》（約二時間）ほどたつと、たくさんの白帆《しらほ》をもつ船影《せんえい》となった。

「船でも、南蛮《なんばん》の船じゃいか。大けな船じゃあ」

しかもそれが、島に向かってきたから、仲間四人はおどろいた。

万次郎《まんじろう》はおどりあがって口ばしった。

「わあ！　しめた。こんどこそ助《たす》けてもらえるぞ」

五右衛門《ごえもん》は落ちつかず、おどおどしてきた。

「あれ、南蛮の海賊船《かいぞくせん》じゃったら、どうするぞ」

南蛮とは、当時は西洋人のことをいった。筆之丞《ふでのじょう》が、五右衛門を叱《しか》りつけた。

「ばたばたするなや。怖《こわ》けりゃここに残っちょれ。ここにおったってお陀仏《だぶつ》じゃけん。それぐらいなら、どんな船でも呼《よ》んでみりゃえい。運がよけりゃあ助かるかもしれん」

船は二里ぐらいに近よった。四人は着物をぬいでふりまわし、力の限《かぎ》り声をはりあげた。

「おーい！　おーい！　助けてくれやあ！」

「おーい！　おーい！　ここに来てくれえ！」

それだけの体力が、どこに残っていたのか。どのくらい、叫《さけ》びつづけただろう。

近づくにつれ、船の巨大《きょだい》さ、三本の帆柱《ほばしら》に風でふくれた白い横帆の数にも、四人はたまげた。船の方は、島の人間に気づかないのか、島の南西にそれて山陰《やまかげ》にかくれてしまった。

「いかん、わしら、やっぱり、神にも仏にも見放されてしもうたがや」

「いやあ、この世に、神も仏もおるもんか。おれたちは、ここで死ぬ運命よ」

三人はそこに坐《すわ》りこんで、声をださずに泣いた。万次郎《まんじろう》だけはあきらめない。

「船は、むこうの山のかげに停めちょるかもしれん。見にいこうや、よう」

「むだじゃあ。どうせおれたちには、用がなかろうで」

三人は、立ちあがる気力さえなくしていた。

「せっかく近くにきちょるちゅうに……、あの船を逃《のが》いたら、もうおしまいじゃ。おれは生きたい。おれ、見にいくけん」

万次郎だって、すっかり体力が落ちていた。それでも、「生きるんだ」と体をはげまし、道なき山道を走った。九町（約千メートル）ほどの山路をあえぎつつ走った。

息がきれ、ぶったおれそうだ。それでも走った。

——間にあうとえい。どうか待っちょりますよう。

山をまわると、南西の海がひらいた。無限《むげん》にひらけた海である。

「おおっ！」さっきの船がとまっている。

しかも、親船から降《お》ろされた二艘《そう》の子舟《こぶね》が、白帆《しらほ》を立てて、こちらにむかってくる。

飢《う》えでたおれそうな身体《からだ》だが、万次郎は、いまきた道なき山路《やまじ》をひき返した。はやく四人に知らせて、またここにこないと、船がいってしまう。

「船がとまっちょるぞう。はようはよう、みんなあきてくれえ」

ほら穴《あな》につくと、それだけいって、また南西の方へ走りつづけた。

――やっとの幸運やに、これ逃《に》がいちょったら、もうおしまいじゃ。

くるしい。心臓《しんぞう》が破裂《はれつ》しそうだ。足がもつれる。何度もつまずき、ころんだ。

それでも死にものぐるいに、三回めの山路《やまじ》を走った。おかやんの声がした。

「苦しいか、けんど走れ！　はしれ！　万次郎《まんじろう》、生きるがでっ!!」

五右衛門《ごえもん》と寅右衛門《とらえもん》も、万次郎を追ってきた。このときの万次郎の、必死の思い、精神力《せいしんりょく》こそが、危機《きき》にあった五人の脱出《だっしゅつ》をみちびいたのである。

二艘《そう》の子舟《こぶね》は、磯《いそ》のけわしい岩と、はげしい波にさまたげられて島にちかよれずに、ひき返すのか、むきを変えた。向かい風になるので帆《ほ》を降ろし、漕《こ》ぎだしたところだった。

三人は、さいごの声をあげてさけんだ。

「おーい！　たーすーけーてーくれーい！」

風上《かざかみ》にむけた叫《さけ》びは、風と波音に消された。それでも、声をからし、着物をふりまわす。

「おーい！　たーすーけーてーくれーい！」

すると舟では、三人を見つけて帽子《ぼうし》をふった。舟は洋式ボートで、うしろむきで漕《こ》ぐから、漕ぎ手には島が見える。声が届《とど》かなくても発見してもらえたのだ。

ボートは、また向きを変え、島にむかってきた。

「おーい、こっちに泳いでこーい！」

と、手の合図で呼《よ》んでくれたのは、異様《いよう》な男たちだ。

「南蛮人《なんばんじん》じゃねいかよう」

五右衛門《ごえもん》はびくついた。だが万次郎《まんじろう》は、ぜったい助《たす》かりたいと、運をかけた。

眼下《がんか》は急な絶壁《ぜっぺき》である。断崖《だんがい》の高さは二〇間（約三六メートル）あまり、降《お》りるのに足がすくむ。

それでも、万次郎は、勇気をふるって声をあげた。

「えーい、いくぞう！」

すべり落ちるかのように、一気に海岸まで降りた。そして着物を頭に乗せると、抜《ぬ》き手をきった。

舟からは、茶色のちぢれ髪《がみ》や、かぎ鼻の男、顔もまっ黒な大男たちが首をのばした。万次郎も一瞬《いっしゅん》ひるんだが、引っぱりあげてもらった。

これを見て、ふたりも、まねをして崖を降り、舟まで泳いだ。やはり、毛むくじゃらの人が手をのばして、ボートに引きあげてくれた。

「おおきにありがとございます。ああ、助かったがや」

気のゆるみと疲《つか》れで、万次郎はくずれるように腰《こし》を落とした、が、ふたり残してきた。

彼《かれ》らに何かいわれても、少しも分からない。こちらのことばも分かってくれない。

「えーっ、なんやだろう？」

それにはひどく驚《おどろ》いた。ことばの違《ちが》いがあるなんて、思いもしなかった。

「島に、まだふたり、いる」と、指を二本立てて、

「そのふたり、体わるい。動けない」と手まねで話すのも夢中《むちゅう》で、汗《あせ》だくだった。

それでも分かったらしい。ほら穴《あな》の方へ、舟を漕《こ》いでいってくれた。

こうして五人は、アメリカの捕鯨船《ほげいせん》ジョン・ハウランド号（三七七トン）に救助《きゅうじょ》された。

船にいた人たちは、髪《かみ》の色、肌《はだ》の色、眼《め》の色、鼻の形、そして着るもの、履《は》くもの、かぶりもの、すべて今までに見たことがない。

海の向こうに人食い鬼《おに》の国があると、聞かされていたから、万次郎《まんじろう》だって、怖《おそ》れや不安があった。

五右衛門《ごえもん》はふるえがとまらないで、ぼそっといった。

「やっぱり鬼かや……。もしよう、人食い鬼どもやったら……」

ジョン・ハウランド号の航海日誌《にっし》より　「日曜日、六月二七日、東南の微風《びふう》、島が見える。この島にウミガメがいるかどうか探《さぐ》るため、午後一時に二隻《せき》のボートを降ろす。島では遭難《そうなん》して疲《つか》れはてた五名を発見、本船に収容《しゅうよう》した。飢《う》えを訴《うった》えているほか、彼《かれ》らから何事も理解《りかい》することはできなかった」

三　異国船《いこくぶね》（一八四一～四三年）

1　ジョン・ハウランド号

五人は、この本船のあまりの大きさにたまげた。

こわごわ親船にあがると、あご髯《ひげ》をはやしたりっぱな人がさしずして、一個《こ》ずつちいさなパンと飲み物がくばられた。

船員たちが「キャプテン」と呼んで指示に従うので、万次郎《まんじろう》たちは、この人を船長だと思って、助けてくれたお礼を土佐《とさ》ことばでいった。たしかにホイットフィールド船長であった。

船長が、着る物も持ってこさせたとき、「腹《はら》ペコです。もっとください」と手まねでたのんだが、少し待たされてから与《あた》えられた。急にたくさん食べてはよくないからだろう。

船長は、「島にのこしてきた物があるね」と、翌日《よくじつ》ボートに万次郎を乗せてとりにいかせた。五人の荷といってもわずかだが、万次郎は「どんさ」を失わずにすんだのが何よりうれしかった。

二日めは、ブタを焼いてごちそうしてくれた。火をつかった食べものとは、なんと久《ひさ》しぶりだろう。夢《ゆめ》ではない、現実《げんじつ》なのだ、と思うと涙《なみだ》があふれてきた。

「おかやん、おれ生きちょる。助《たす》かったがで」じわじわと「助かった」実感がわいてきた。

無人島生活は、かぞえれば一四三日。五か月ちかく、そこに暮《く》らしていたのだ。

ジョン・ハウランド号は捕鯨船《ほげいせん》なので、万次郎《まんじろう》たちを乗せたまま、西太平洋で捕鯨をつづけた。五日のうちに二回クジラを発見、一回は追跡《ついせき》しても捕《と》れず、七日後に二頭しとめている。この船は、クジラから鯨油《げいゆ》を採《と》るための船だった。

船の長さ三四メートル、幅《はば》八・三メートル、海面から甲板《かんぱん》までの高さ四メートル、船内は四階建ての造りだ。一階の船底は、鯨油をいれた樽《たる》をおく倉庫で、樽をつくる材料置き場でもある。とても日本では、考えつかない巨大《きょだい》さである。そのうえ部屋がいくつもあって、風にあたらずベッドで寝《ね》られるのだから、漁師《りょうし》五人が肝《きも》をつぶしたのも無理はない。カツオ舟《ぶね》には屋根すらなかった。

マストは三本、一本のマストに横帆《よこほ》が四枚《まい》、そのほかに三角帆などが一〇枚ほどある。

（日本では、外国との往《ゆ》き来を禁止《きんし》していて、帆柱《ほばしら》一本、帆一枚しか許《ゆる》されず、大きな船も造らせない。大きくても、沿海《えんかい》で荷を運ぶ弁財船（千石船一五〇トン積み）までだった。）

これだけの帆が風を受ければ、こんな巨船《きょせん》でもすごい速さで海上をはしる。もちろん、風のつよさ、風むきの変化で、帆のはり方を変えるのだが。

水夫たちは、揺《ゆ》れる船でも高いマストに、まるでサルのようにするする昇り降《お》りして、帆をたたんだり、ひろげたりする。そのすばやさに、日本の漁師《りょうし》は目を丸くするばかり。

この船の乗員は三〇人以上もいるらしい。鍛冶屋《かじや》がいて、必要となればどんな金属《きんぞく》の道具でも船中で作るし、また必要なだけ樽《たる》がつくれるよう、樽職人《たるしょくにん》もひとり乗りこんでいた。

船の造り、すぐれた装備《そうび》を見ただけで、眼《め》を見はった。甲板《かんぱん》でブタやウシを飼《か》っていたのも、ながい航海中、新鮮《しんせん》な肉や牛乳を確保《かくほ》するためだが、とにかく想像《そうぞう》できない驚きの連続だった。

万次郎《まんじろう》たち五人は、ことばの違《ちが》いだけでない、日常《にちじょう》の習慣《しゅうかん》にもとまどって困《こま》った。

それでも万次郎には、この船のすべてが興味《きょうみ》しんしん、何枚《なんまい》もスケッチを書きのこしている。

三度の食事がとれるようになり、身体《からだ》も洗《あら》えたし、きたない衣服も替《か》えたりしたので、身体のかゆみもなくなり、重助《じゅうすけ》の足のほかは、五人とも快調《かいちょう》をとりもどしていた。

この船で、万次郎には理解《りかい》できないこと、知りたくてたまらないことが多すぎた。けれども、ことばが分からず聞くこともできない。

話ができたら、船員たちと仲よくなれそうだ。万次郎は、彼《かれ》らのことばを憶《おぼ》えたくて、耳を働かせた。はじめて食べたパンのことを「ブレッド」、食べ物は「フード」と聞いた。「ミール」は食事のこと。きょうは「トゥデイ」。船員のことばから、一つずつおぼえていく。

そのうち、危険《きけん》は「デインジャ」、北にむかうが「ノースワード」、彼らが言おうとすることの意味が、何となく見当つくようになった。

ことばを一つおぼえるたびに、船員たちが「ジョン・マンはおぼえが早い」とよろこんでくれた。船では、ジョン・マンと呼ばれていた。ジョン・マンは万次郎《まんじろう》の外国名になり、のちにサインにも、John Mung（ジョン・マン）を使っている。

あとの四人も、片《かた》こと英語が少しは話せるようになったが、万次郎《まんじろう》の上達が一番だった。

はじめは、髪《かみ》の毛や皮膚《ひふ》の色がさまざまだし、眼《め》の色もちがうので、こわい感じがした異国《いこく》の人でも、ほんとうは気のいい親切な人がおおかった。

なかには日本人をにくむ人も三、四人いたが、船長がウィリアム・ホイットフィールドだったことが幸いした。差別や反感をゆるさない人だったから。

しばらくたって船長は、少しは話が通じるようになると、身ぶりを交えて、これからの身のふり方について五人に語った。

「あなたたちのジャパン（日本）は、われわれの船が近づくだけで追いはらう。大砲《たいほう》で撃《う》たれた船もある。わたしは、ジャパンの港にあなたたちを送り届《とど》けてやりたいが、それは危険《きけん》なのでできない。近いうちハワイにいくが、そこまでは乗せていく。ハワイにはいろいろな国の船がくるから、チャイナ（中国）ゆきの船でシャンハイ（上海）まで乗せてもらいなさい。そこからジャパンゆきの船で帰るとよい。チャイナの船なら、追っぱらわれないですむから」

筆之丞《ふでのじょう》は、十分に納得《なっとく》したようだ。万次郎は、日本の鎖国《さこく》のことをくわしく知らないけれど、すぐに帰国できないことは分かった。それでも、落ちこまない。

――すぐ帰れなくてもえい。この船のこと、アメリカのこと、なんでも知ってからでえい。

船長は、万次郎《まんじろう》の好奇心《こうきしん》と、あふれるようなやる気が、すっかり気に入った。自分の部屋によび、英語の文字をおしえ、地球儀《ちきゅうぎ》や地図を見せて、地球や世界の知識《ちしき》をあたえた。

万次郎もまた、船長の人柄《ひとがら》に魅《み》せられ、父親のように心からしたうようになっていった。

日本の鎖国《さこく》　江戸幕府《えどばくふ》は、一六三五年、キリスト教の禁止《きんし》を名目に、オランダと中国以外の外国人が日本にくることも、日本人が海外にいくこともきびしく禁じた。

2　クジラを追う

「シイブロウズ！　ブロウズ！（潮吹《しおふ》きだぞう！）」

きゅうに大声がひびいた。

マストの上の「カラスの巣」とよぶ籠《かご》のような見はり台からである。

甲板《かんぱん》でも急にさわがしくなった。水夫たちが「ブロウズ！　ブロウズ！」と叫《さけ》びあい、出動する動きがせわしい。船長が甲板にあらわれた。

「ジョン・マンもボートに乗るか。オール（櫂《かい》）を漕《こ》いでみるか」

「ＯＫ、何でもやります。やらせてください」

万次郎《まんじろう》は、一人前にみられたんだと、うれしくてはりきった。

子舟《こぶね》のことをボートといった。五艘《そう》のボートのうち、右側の二艘が降《お》ろされた。万次郎たちが助《たす》けられた子舟だ。小さくはない。長さ八メートルもある。

——子舟のお尻《しり》（艫《とも》）が、舳《へさき》（船首）のように尖《とが》っちょる。なんで後ろが尖っちょるんじゃ？

万次郎《まんじろう》には、考えても考えても分からないことが、どんどん出てくる。

――このボートに網《あみ》を乗せちょらん。なぜや？　土佐《とさ》では網でクジラを捕《と》えておったけんど。

――槍《やり》（銛《もり》）やけんど、こんな細い槍じゃ、でっかいクジラを、やっつけられんじゃろうに？

――縄《なわ》を渦巻《うずま》きに入れちょる桶《おけ》三つ。この縄でクジラを縛《しば》るんかのう。どう縛るやろ？

さあ、ボートに六人ずつ乗った。舳《へさき》にはモリ（銛）打ち、艫《とも》（船尾《せんび》）には舵《かじ》とりがいる、舵とりは航海士がつとめ、ボートの指揮《しき》をとった。

――土佐では、近くの村むらから漁師《りょうし》が総出《そうで》で、クジラに網をかけてとらえちょった。この船にゃ網もない、こんな人数で、捕れるがやろか？

土佐では、クジラ一頭で七村がうるおうといった。

「進路、北北西へ、距離《きょり》約二八〇〇メートル、潮吹《しおふ》く形、高さは、マッコウクジラだ」

見はりの連絡《れんらく》を受けるや、すぐさま出発だ。日本の舟は櫓《ろ》をおして進む。オールは水を掻《か》いて進む。まったくちがうから、万次郎はやってみたかった。

四人がオールを後ろ向きで漕《こ》ぐ。前が見えないから、進路はすべて舵とりまかせだ。

幸い南の追い風で白帆《しらほ》をあげた。それだけでも、海上を飛ぶハヤブサだ。速い。

スピードが出るよう、ボートの底はあさく、水上をすべる造りになっている。それでは、風や波のために横流れしやすいから、船底の下に、センターボードという金属板《きんぞくばん》をおろす。

はたはた、はたはた、せわしく帆が鳴りつづける。

速い、はやい。たちまち本船が、ケシ粒《つぶ》になった。

クジラにさとられないよう、近づく前に帆《ほ》を降《お》ろし、オールだけで静かにちかづく。

「逃《に》げられるぞ。もっとスピードだっ！　急げ！」

指揮《しき》する舵《かじ》とりが、声を小さく叫ぶ。オールには不なれだが、万次郎《まんじろう》も全力でこいだ。

いきなり、ひょーうと音がして、ボートの近くに降《ふ》ってきたのは、……雨でない。クジラの潮《しお》だ。

うしろ向きだから、クジラは見えない。

銛《もり》が打てるほどクジラに近づく。すごい緊張《きんちょう》だ。クジラをやるか。クジラにやられて、全員が海にはねとばされるか。どちらかだ。

注意力に決断力《けつだんりょく》、それに舵が決め手だ。

「バック、バック！」

オールを、ぎゃくにまわして漕《こ》ぐと、後ろにすすむ。

――ほう、尻《しり》が尖《とが》っちょるがは、バックのためやった。

「モリ（銛）打ち、用意！」

海水がざわめき、海がもりあがった。黒い山が見えた。クジラだ。

それを横に避《さ》け、モリ打ちが、縄をつけたモリをかまえた。

舟《ふね》ごと飲みこみそうな、大きなクジラの口が、すぐわきに開いた。

「へーイ、ヤァーッ！」

みごとクジラの頭に、モリが命中！

とたんに、クジラは逃《に》げた。深くもぐって逃げる。クジラに繋《つな》がった縄《なわ》が、桶《おけ》から舟《ふね》の中をはねて、すごい速さでのびる。この勢《いきお》いにはじかれると危《あぶ》ない。

縄は艫《とも》にある杭《くい》をまわって速さを調節し、舳先《へさき》にある割《わ》れめから繰《く》りだしていく。杭に縄がこすれる熱で煙《けむり》がでる。そこに海水をかけて冷やす。

クジラは浮《う》きあがり、猛《もう》スピードで走った。それにひきまわされ、ボートは水上をかすめて飛ぶ。ボートとクジラの決闘《けっとう》は、まだまだつづくのだ。

やがてよわったクジラが、力なく浮《う》きあがると、舵《かじ》とりがねらいを定め、心臓《しんぞう》めがけて手槍《てやり》を突《つ》き刺《さ》してしとめる。

——うーん、そうかの。綱《つな》は、ヤリを打ちこんだクジラを逃がさんためやった。あの槍《やり》は、突き刺すと抜《ぬ》けん槍（銛《もり》）じゃ。こりゃあ、土佐《とさ》より新しいやり方じゃ。

クジラを本船にひいていくと、鎖《くさり》で船の右舷《うげん》にくくりつけ、作業台を吊《つ》りおろす。その上で、長《なが》柄《え》の刃物《はもの》でクジラの皮を切り、はぎとった厚《あつ》い皮下脂肪《しぼう》を、何十枚《まい》も切り身にして、船にあげさせた。肉や骨《ほね》は海中にすてたから、サメがむらがり、奪《うば》いあうさわぎだ。

——もったいない。土佐《とさ》じゃ、クジラの肉も骨もヒゲまで、だいじに分けよったに。

アメリカ人には、鯨肉《げいにく》を食べる習慣《しゅうかん》がない。それに肉を保存《ほぞん》する冷蔵庫《れいぞうこ》もない時代だ。この船は、鯨油《げいゆ》を採《と》るのが仕事だった。甲板《かんぱん》のレンガ炉《ろ》にかけた大釜《おおがま》で、脂肪《しぼう》の切り身を煮《に》て、鯨油をとり樽《たる》につめた。それが、機械油や、ローソクの原料になるらしい。

「おい、ジョン・マン、見はりもやってみるか」

船長は、万次郎《まんじろう》の気持ちをよみとっていた。

「知りたがりや、やりたがりやのジョン・マン。登ってみろ。クジラを発見したらな、『シィ　ブロウズ！』と大声で知らせろ。いいか、『シィ　ブロウズ（see blows!）』だぞ」

「やらせてください。潮吹《しおふ》き見つけてみますけん」

万次郎は、身軽にするする「カラスの巣」に登ってびっくりした。マストの上のゆれは、船のゆれの一〇倍も大きい。それに、高くて目がくらむ。カラスの巣の囲いがなければ、身体《からだ》ごと吹《ふ》き飛《と》ばされる。そんな風が、髪《かみ》の毛を流し、ごうごうと耳にうずまく。

――ええい、人間がやることやったら、おれにもやれるわ。

ヘソの奥《おく》にぐいと力を入れた。大海原《おおうなばら》に無数の光が波ごとにはねている。見わたす限《かぎ》りのひろさだ。なれてくると最高の気分で、潮吹きをさがした。

――これだ、おれも、ほんものの海の男になるぞ。

航海日誌《にっし》から　一頭のマッコウクジラから、二日がかりで鯨油《げいゆ》四〇樽《たる》を製《せい》したと書かれてある。マッコウクジラの腸内からは貴重《きちょう》な香料《こうりょう》「龍涎香《りゅうぜんこう》」も採《と》れた。西太平洋の暖流《だんりゅう》がマッコウクジラのおもな漁場だった。

3　決断《けつだん》　未知の世界へ

ジョン・ハウランド号は、その年一一月二〇日（新）、ハワイのオアフ島に寄った。無人島を出てから五か月近く、その間にあげたクジラは一五頭だった。

ハワイは、現在《げんざい》はアメリカ合衆国《がっしゅうこく》の州の一つだが、当時は独立国《どくりつこく》で、カメハメハ王国といった。首都はオアフ島のホノルルである。

太平洋のど真ん中にあるから、太平洋を往《ゆ》き来する船にとっては、ハワイは水や食糧《しょくりょう》、燃料《ねんりょう》などが補給《ほきゅう》できる貴重《きちょう》な基地《きち》だった。

万次郎《まんじろう》たちは、上陸したオアフ島を散策《さんさく》した。ヤシなど南国の植物がめずらしい。色あざやかな花にも目をうばわれた。宇佐《うさ》のようなうつくしい砂浜《すなはま》もあった。

女神《めがみ》が椅子《いす》にしたという伝説の岩、そこからの絶景《ぜっけい》を見わたすと、足摺岬《あしずりみさき》を思いだした。

「日本はもう秋がおわっていようが、ここは夏がつづいちょる。世界は謎《なぞ》だらけじゃ」

ハワイの人びとは、色が豊《ゆた》かな身なりで、のびのびと楽しげで、日本とちがった。

船長は、王国政府《せいふ》の役もある医師《いし》ジャットの家に、五人をつれていった。

そして、五人を自分の船に収容《しゅうよう》したいきさつを話すと、ジャットは、日本のお金、一朱銀《しゅぎん》、二朱銀、寛永通宝《かんえいつうほう》をならべた。それから日本の長いキセルをとり出した。

寅右衛門《とらえもん》や重助《じゅうすけ》が口ばしった。

「あっ、これ、おれらの国のゼニじゃけん」

「なつかしいのう。親父《おやじ》がタバコを吸いよったが、こんなえいキセルじゃなかったけんど」

すいつくように見た五人の顔を、ジャットは見つめながら、手まねでたずねた。

「知っているようだね。この国からきたのかね」

「イエッサー。わたしらのジャパンで使うコインです。パイプもそうです」

万次郎《まんじろう》の答えで、ジャットは船長にいった。

「これは、ジャパニーズ（日本人）が残していった物だ。五人はジャパニーズにちがいない」

そのあと船長は、王国の役人のところでも、よくたのんでくれた。

「この五人はジャパニーズ漂流者《ひょうりゅうしゃ》です。帰国できるようになるまで、どうかこの国で生活できるようにしてやってくれませんか」

このようにゆき届《とど》いた心くばりに、五人はさらに尊敬《そんけい》をふかめた。

おかげで、わらぶきの家に住まわせてもらえた。

ジョン・ハウランド号とお別れの食事を前に、船長は、五人に銀貨半ドルと、洋服を一着ずつプレゼントした。ハワイの生活ですぐ困《こま》らないようにとの、思いやりである。

船員たちも、「それならおれたちも」と、みんなで外套《がいとう》を五人に贈《おく》ってくれた。

「わしらを助けてもろうただけでも、お礼の申しようもないに、漂流《ひょうりゅう》の者に、これほどの親切をいただくとは感激《かんげき》で……。生涯忘《しょうがいわす》れません。どうお礼をいったらよいか、もう、何も、何も……」

筆之丞《ふでのじょう》のたどたどしい英語も、涙《なみだ》でむせんであとがつづかず、地に額《ひたい》をすりつけた。

船長は、その手をとって立たせると肩《かた》をだいた。

「あなたがたはわたしどもの兄弟じゃないですか。当然のことをしただけです。あなたがた日本人は礼儀《れいぎ》あり、清潔《せいけつ》ずきでした。ぶじに祖国《そこく》に帰れますように」

その席では、仲よくなった船員たちと、万次郎《まんじろう》たち五人は、笑い、うたい、さざめき、だきあい、きつい握手《あくしゅ》を交《か》わすなど、さいごの交流となった。

万次郎は、船長から、船の仕事のほかに、世界的な知識《ちしき》を得て目が開かれ、英語の会話、読み書きまで習ったりして、父のようなあこがれを感じていた。

むりに笑ってお礼を言おうとしたが、ぎゃくに涙がこみあげて、声がでなかった。

船長も、ジョン・マンとの別れが、心残りでたまらなかったようである。その晩《ばん》、どうしても思い切れず、思いあまって筆之丞に申しいれた。

「この数か月、わたしはジョン・マンを見てきた。彼《かれ》はすばらしい少年だ。勇気があり、やる気十分。それに賢《かしこ》い。自分の子のような気がしてきた」

筆之丞は、船長の言おうとすることが理解《りかい》できなかった。

「彼に聞くと、日本では文字の読み書きもおそわってないという。かりに日本に帰国できても、彼の利発《りはつ》さを伸ばしてやれなくては残念だ。彼をアメリカに連れていき、学校で学ばせたい。かならずりっぱな船乗りになれる。どうだろう。ジョン・マンをわたしに預《あず》けてくれないか。自分の子どものつもりで育てたい」

筆之丞《ふでのじょう》はおどろいた。そして困《こま》った。

——万次郎《まんじろう》はまだ少年じゃ。いっちょ前の漁師《りょうし》にすると母親からひき受けたがや、外国人に手ばなすわけにゃいかん。万一日本に帰れたとき、親兄弟に合わせる顔がない。おまけにこれからの異国《いこく》ぐらし、助《たす》けあわにゃならん矢先じゃけん。

筆之丞には、とても承知《しょうち》できる話ではなかった。

しかし相手は、自分たちのいのちの恩人《おんじん》であり、りっぱな人物だ。万次郎の将来《しょうらい》をかんがえて、頭をさげてたのみにきている。無下《むげ》に断《ことわ》るわけにいかない。

——アメリカはたしかに進歩した国じゃけん。読み書きもできず、貧乏《びんぼう》漁師で終わるより、アメリカで育ったら、何倍も本人のためじゃろ。まっこと日本に帰れるか、そいつも確《たし》かじゃないし。

筆之丞は迷《まよ》いにまよったあげく、こう返事した。

「このことは、万次郎《まんじろう》がどうしたいか、聞いてから決めたいです」

万次郎はそれを知って、船長の好意をひどくよろこんだ。しかし、仲間からはなれてよいか。よけい故郷《ふるさと》に帰れなくなって、母に心配かけるとくるしんだ。

——けんど、すぐ日本に帰れるわけじゃない。わしは、世界を知りたい。せまい土佐《とさ》より、未知のでっかい世界で、力いっぱい自分をためしてみたい。

こう決断《けつだん》して、万次郎《まんじろう》はアメリカにいくことにした。それまで運命を共にしてきた筆之丞《ふでのじょう》らと別れ、ジョン・ハウランド号の船乗り仲間となった。

それからも捕鯨《ほげい》をつづけながら、船は西よりに南下、ギルバード諸島《しょとう》に寄《よ》り、さらに西太平洋へ、グアムに滞在《たいざい》したり、台湾《たいわん》や鳥島の近くへもいく。

この間に、万次郎が船員たちと船ではたらいた体験は、身も心もたくましく成長させた。よりそった船長の、人間性《にんげんせい》による感化も大きかった。

航海士の指示《しじ》で、帆《ほ》をひろげたり、たたんだり、マストの昇り降《お》りはもちろん、クジラの発見にも、ボートでの追跡《ついせき》でも、モリを投げつける技《わざ》までやれた。

船は、クジラを捕《と》りつつ、風向きの都合でエミオ島へ、その後、アメリカ東海岸にある母港をめざす。

大西洋に出るには、南極にちかいホーン岬《みさき》をまわる。そこは海の荒《あ》れがひどく、夏でも流れる大きな氷山がくずれて、船をこわすこともあると、船乗りたちに恐《おそ》れられていた。

それなのに、それら氷山は陽光をあびて水晶《すいしょう》のように輝《かがや》く、壮大《そうだい》な景観を見せてくれた。ここでも未知の世界を知るすばらしさを実感した。

やがて、アメリカの風景が近づく。半ば不安を感じつつも、万次郎の胸《むね》は高鳴ってきた。

ニューベッドフォードの港に着くと、なんと大小二〇〇隻《せき》以上の船がびっしりでないか。

ジョン・ハウランド号は、五月六日（新）の午後五時、水先案内人を乗せて、母港ニューベッドフオードに入港する。新緑に映《は》える右岸の彼方《かなた》には、教会の尖塔《せんとう》がそびえ、左岸には大きな倉庫が立《た》ち並《なら》んでいた。

出航してから三年七か月、万次郎《まんじろう》らが救出されてから、二年ちかい年月がたっていた。少年万次郎、いよいよ明日は異国《いこく》に上陸、さらに新しい歩みをふみだすことになる。

アメリカ捕鯨《ほげい》　万次郎が関《かか》わっていたころがピークで、鯨油《げいゆ》は莫大《ばくだい》な利益《りえき》となり、ニューベッドフォードを中心に栄えた。その後、乱獲《らんかく》によるクジラの減少《げんしょう》、南北戦争に捕鯨船《ほげいせん》が使われ数を失ったこと、時代は石油に代わっていったことなどで、アメリカ捕鯨は衰退《すいたい》した。

四　異《い》国《こく》（一八四三〜四九年）

1　アメリカで学ぶ

一八四三年五月七日（新）、万次郎《まんじろう》は、はじめてアメリカの土をふんだ。航海中にきたえられ、筋《きん》骨《こつ》たくましい一六歳《さい》の若者《わかもの》になっていた。

ホイットフィールド船長は、税関《ぜいかん》の手続きのあと、ジョサイア・ポニーの事務所《じむしょ》へよった。用事がすむと、ポニーに昼食を招《まね》かれ、その家で万次郎は、ポニー夫人と、娘《むすめ》のアンを紹介《しょうかい》された。

ポニー家は、アメリカで最初に温かく迎《むか》えてくれた家庭である。万次郎の異国での不安を除《のぞ》き、どれほど安らぎを与《あた》えてくれたことだろう。

ポニー家とは、長く親しい付き合いがつづき、アンは、万次郎のもとに、たびたび遊びにきた。生涯《しょうがい》の友人になり、晩年《ばんねん》、日本に届《とど》いたアンの手紙に、回想した当時のようすが書かれている。

ニューベッドフォードの町から、船長の家のあるフェアヘーブンの町に行くには、大きな川にかかる橋をわたった。巨大《きょだい》で頑丈《がんじょう》そうな造りもアメリカらしい。そのとき、高くマストを立てた大きな船が、川をさかのぼってきた。そのままでは、橋にぶつかってしまう。と思ったら、橋はまん中が分

かれ、両側にずるずる引っぱられて船の通路が開いた。

「ほらね、この橋は、大きな船でも橋にぶつからないで通れる。そういう仕組みなんだよ」

と、船長が教えてくれたので、万次郎《まんじろう》は、「はあっ…」と、すっかり感心してしまった。

――アメリカってすごい。日本はぜんぜんおくれてる。

（今のこの橋は、開く部分が横に水平に動くよう変わったという。日本は江戸《えど》の防衛《ぼうえい》のため、主な街道《かいどう》に橋をかけさせなかったので、大きな橋をかける技術《ぎじゅつ》がなかった。）

船長の家は、しずかな住宅地《じゅうたくち》にあって、ミリーおばさん（叔母《おば》のアメリア）が留守番《るすばん》をしていた。

万次郎は紹介されて、教わったようにあいさつした。

三年七か月ぶりにくつろげる我が家《わがや》に帰ってきた船長は、航海中のことなど、上機嫌《じょうきげん》でしゃべりまくった。

「あの無人島には、ウミガメをさがしに行かせたが、捕《つか》まえたのはジョン・マンだったな」

「えっ、カメの代わりだったんですか」

「でもジョン・マン、きみは、シンマイ水夫なのに、機転をきかせて、一人前以上によく働いた」

「いえ、わたしは、何も分からなくて、キャプテンや船のみんなに教わりながら、ちょっぴりずつ、仕事をおぼえただけです」

万次郎は日常《にちじょう》の会話を、ほとんど英語で話せるようになっていた。

三人で夕食をとり、万次郎《まんじろう》は、アメリカでの最初の一夜をここで過《す》ごした。

ホイットフィールド船長は、六年前に妻《つま》に死なれて独身《どくしん》だったし、子どももいない。フェアヘーブンに、かねて婚約《こんやく》していた人がいた。アルバティーナ・ケイスという。

今度の航海での配当がはいると、船長は家つきの農場を買い入れた。一四エーカー（約五六七アール）の広大な土地である。その家を二階建ての新築同様に手入れすると、りっぱな邸宅《ていたく》になった。結《けっ》婚《こん》してそこに新居《しんきょ》をかまえ、農夫をやとい、農場の経営《けいえい》をすることになった。

そのころ捕鯨船《ほげいせん》のキャプテンは、一航海が終わると、農場でゆったり暮らす人が多かった。

船長は、ニューヨーク州の伯父《おじ》のもとに、アルバティーナを伴《ともな》い、二週間ほどの旅をした。ニューヨークの教会で結婚式《けっこんしき》を挙げ、伯父の家で祝いの宴《えん》をもよおしてきた。

船長夫妻《ふさい》がフェアヘーブンに戻るまで、万次郎は、近所のエーキンの家で世話になった。

船長は、万次郎に英語を基礎《きそ》からきちんと学ばせたいと、小学校に通わせた。

学校は、家から近い小さな白壁《しらかべ》の石造《いしづく》りの、オックスフォード・スクールで、私立《しりつ》の小学校である。壁には初代大統領《だいとうりょう》ワシントンの肖像《しょうぞう》があった。

全学年が一つの教室なので、万次郎は六歳《さい》からの小学生にまじり、ＡＢＣの初歩から勉強した。

学校のアレン先生は、エーキンの家のすぐ西隣《にしどなり》に、姉妹三人で住んでいた。先生は、二番目のジエーン・アレンで、万次郎は先生の家でも、特別に英語を教えてもらった。

「ジョン・マンは、本気で勉強するからえらい。おぼえが早いから、すぐ卒業よ。がんばってね」

アレン姉妹は、ひとり異国《いこく》にきた一六歳《さい》の万次郎《まんじろう》を励《はげ》まし、「上着のひじに穴《あな》があきそうね。直してあげるわ」と、洋服の繕《つくろ》いまでみてくれた。

ホイットフィールド夫妻がスコンチカットネックの農場の家に移《うつ》っても、しばらくは学校に近い元の家に、ミリーおばさんと住み、そこから通学した。

父親のようにいつくしむ船長と、アレン姉妹の愛情《あいじょう》で、万次郎《まんじろう》はりきって勉学につとめたので、英語の進歩はめざましかった。

そればかりか、日本とはちがう人間らしさ、身分のない自由な社会関係に学ぶことが多かった。

その年のうちに小学校を終えた万次郎は、農場の家に移って、隣地《りんち》にある公立のスコンチカットネック・スクールに転校した。

でも学校で迎《むか》えてくれたのは、好意ある励ましだけではない。いじめっ子集団《しゅうだん》もいた。

「イエロー（東洋人を指す）がきたら、学校が汚《よご》れるぞ」

「くせえな、ジャパニーズはくせえ。おまえなんか来るところじゃねえ。くせえ」

そういっては、自分の鼻の前で、おおげさにノートをふってみせた。次の日は、自分のとがった鼻を、指でおしつぶして、にゅっと万次郎の顔に近づけたりした。日本人は鼻がひくいと、顔形で嫌《きら》ったゼスチャーだった。それは、すごくこたえた。

もう学校にいきたくない。よわい気もわいた。さらに、つぎの日はおおぜいで、髪《かみ》の毛を紐《ひも》でむすんで椅子《いす》にしばられた。さすがに、沈《しず》んでしまった万次郎に、キャプテンはいった。

「彼《かれ》らは、自分が何をしているのか、分からないのだよ。だから許《ゆる》してやりなさい。いまにきっと、ジョン・マンが友だちでよかった、と思うようになるよ」

先生のなかにも、日本人というだけで差別する人がいた。そういう学校で、万次郎《まんじろう》は、「いじめになんか負けないぞ」と心に決めた。

――ようし、絶対《ぜったい》けんかしない。勉強で、日本人のすばらしさを見せてやるんだ。

やがて、優秀《ゆうしゅう》な成績《せいせき》で、先生にほめられることがつづくと、ほとんどの先生も友だちも、しだいに一目おくようになった。

自分から友だちをさそって釣《つ》りにいくと、そこでは万次郎にかなう者がいない。釣りのこつを教えたりするうちに、仲よしの友だちが増《ふ》えた。

学校時代の友だちには、日本に帰国しても文通していた男の子のジョブやテリー。女の子では、万次郎があこがれていたキャサリンがいる。

五月になると、すみれのようなバターカップ（キンポウゲ）という黄色い花が辺りを彩《いろど》った。五月《さつき》祭《さい》の早朝、万次郎はその花を篭《かご》につみ、キャサリンの家の前にかけた。無名で自分の詩をそえた。多くの少年が、好きな女の子に贈るメイ・デー・バスケットだ。

寒さのきびしい夜、
あなたのバスケットをつるした。
眼《め》を覚まし、明かりをつけて！

走り行くぼくを、見つけてほしい。

でも、追いかけたりは、ご免《めん》です。


彼女《かのじょ》は八〇歳《さい》になっても、万次郎《まんじろう》が届《とど》けたこの詩と小さな花籠《はなかご》を、身近においていたという。初恋《はつこい》に近い気もちを秘《ひ》めた仲だったかもしれない。

スコンチカットネックの家では、朝ごとに夫人の焼くパンの香《こう》ばしさがただよい、焼きたてのパン、甘《あま》みの濃《こ》いジャム、しぼりたてのミルクなどが、幸せいっぱいにしてくれた。

アルバティーナ夫人は、船長と同じ気もちで、万次郎の母親ともなってくれた。

「汗《あせ》かいたシャツは洗濯《せんたく》しようね」

「テキストはそろっているの？　鉛筆《えんぴつ》は？」

学習用具にまで気をくばり、友だちと仲よくなれるよう、遊びにこさせたりもした。

農場では農夫をやとって、家畜《かちく》を飼《か》い、穀物《こくもつ》や野菜を作っている。万次郎もよく農場を手伝いながら、学校にかよった。

その学校を優秀な成績で卒業すると、当時のフェアヘーブンでは最高の、バートレット・アカデミーへ進んだ。万次郎のあこがれていた学校である。

ここで学んだすべてが、万次郎の生涯《しょうがい》にとって大きな力となった。のちに学校友だちが語っている。

「ジョン・マンは、だれともケンカしたことがない。学校に通う恵《めぐ》まれた機会を大いに活《い》かしていた」

2　差別の国

アメリカにきて間もなく、ホイットフィールド船長は、日曜日にいつもかよう教会に万次郎《まんじろう》をつれていった。窓《まど》のステンドグラスをとおした華《はな》やかな光も、うすぐらい祭壇《さいだん》のローソクの火もすてきに美しい。

祭壇の左右に名士の特別席があり、船長の家族席はそこだった。

万次郎をそこに座《すわ》らせようとしたら、眉《まゆ》をつりあげて周囲の人が立ちあがった。

「何だ？　こいつ、汚《けが》らわしいやつだ」

「ここにくるとは、とんでもない」と、万次郎は拒否《きょひ》された。

教会の人がやってきて、目をきょときょとさせて船長にいった。

「いけませんな。イエロー（東洋人）はブラック（黒人）と同じですぞ。神聖《しんせい》な教会につれてきてはこまります。すぐ出ていかせてください」

万次郎はかなしかった。いつも穏《おだ》やかな船長が、眼《め》に怒《いか》りをあらわにした。

「神さまは、すべての人間を公平に見つめてくださる。教会は、人間はすべて平等だと教えなくちゃいかんのに、差別する教会なんぞに、もういかんぞ」

その教会をやめて、別の教会にいった。そこは、一般《いっぱん》の席と黒人の席を分けていた。

「イエローは、ブラックの席にいきなさい。あそこに座ってもらいます」

万次郎《まんじろう》は、「もういい、教会なんかに近よるものか」と思った。船長も納得《なっとく》しない。

「この教会もだめだ。ジョン・マンは、だれでも平等にあつかう教会にいかせたい」

そうして、さがしだしたのはユニテリアン教会である。そこでは万次郎を、こころよく迎《むか》えてくれた。万次郎は、「万人《ばんにん》の平等」をめざす教会を求めた船長のふかい愛情《あいじょう》と、人格《じんかく》の気高さを感じとった。その日の牧師《ぼくし》の話も忘《わす》れられない。

「神は、あなたがたの魂《たましい》に力を与《あた》えてくださいます。魂の力とは何でしょう。病《や》んでいても、心は元気をたもつ。困難《こんなん》に出あってもくじけず、解決《かいけつ》のよろこびを見出《みいだ》す。自分をにくむ相手でさえ愛する。そういう力です。魂に力があれば、こういう勇気がもてるのです」

――そうか。魂に力があればくじけないのか。

万次郎の体内から、差別やいじめに負けない力が、わいてくる気がした。

それからは日曜ごとに、船長夫妻《ふさい》とユニテリアン教会にかようことになる。

万次郎は、アメリカでの生活に入り、アメリカを知るたび、日本のことも見えてきた。日本で当たり前だと思っていたことが、アメリカではちがう。そのちがいの良《よ》し悪《あ》しを考えるようになってきた。

日本では身分の区別がやかましい。身分が上だといばって、身分の下の者をバカにする。相手の身分によって、ことば使い、あいさつのしかたがちがう。

アメリカでは、上下の隔《へだ》てなく、ことばづかいも互《たが》いに対等のことばで、あいさつだって、だれに対しても同じように握手《あくしゅ》すればいい。

アメリカでは、エイキンさんもアレン姉妹も、「ミスター・ジョン・マン」と呼《よ》んで、少年の万次《まんじ》郎《ろう》を、一人前の紳士《しんし》として扱《あつか》ってくれている。

アメリカには、いろいろな人種の人がすみ、肌《はだ》の色だけで毛嫌《けぎら》いしたり、差別する人たちがいる。万次郎はそれでつらい想いもした。人種差別だけでなくて、奴隷《どれい》がいることも知った。

しかし、アメリカには「奴隷制をやめさせ、人種差別をなくせ」とする人びとの運動があった。それを知ったときは、すごい感激《かんげき》だった。日本では身分をなくす運動がない。

アメリカでは、下級船員でも実力があれば上級船員になれる。そこには皮膚《ひふ》の色による差別はないようだ。

日本では、いかに努力しても、実力があっても、身分は祖先《そせん》から決まっている。武士《ぶし》の子でなければ武士になれないし、殿《との》さまの子ならなまけ者でも殿さまになれる。

こういう社会のちがいがわかってくると、万次郎はアメリカにきた幸せを思い、しだいに、日本もこういう国にしなければだめだ、という気になってきた。

3　樽屋《たるや》の修業《しゅぎょう》

農場の仕事は、きりがないほどいくらでもあった。万次郎《まんじろう》も、休みの日には手伝った。

船長は、農夫をやとい、広大な農場を使いやすくしていこうと、牛舎《ぎゅうしゃ》や鶏小屋《とりごや》のまわりに柵《さく》をつくったり、牛のための牧草地や、畑を作物ごとに仕切るなど、楽しんでいた。

畑では、ムギ、トウモロコシ、豆類《るい》やイモ、カボチャもつくっていた。家畜《かちく》は、牛のほかに、ウマやブタも飼《か》うようになると、水や飼料《しりょう》を与《あた》えたり、掃除《そうじ》や世話の仕事もふえた。

しかし万次郎は、牛や馬の世話がすきだったし、とくに馬に乗って走らせるときの爽快《そうかい》さをおぼえると、やみつきになった。

（日本では、武士《ぶし》でも身分が上でないと、馬に乗れない。まして農漁民などは、馬に乗るなど許《ゆる》されなかった。）

万次郎は、農場ではたらきながら、当時としては最高の学問が学べるバートレット・アカデミーで、高等の英語教育と、物理化学、とくに航海術《こうかいじゅつ》の学習に熱心にとりくんだ。

一年たった一八四四年一〇月六日（新）、ホイットフィールド船長は、ウイリアム・アンド・エライザ号のキャプテンとして捕鯨《ほげい》の旅にでた。

万次郎は夫人といっしょに留守番《るすばん》をするが、気がかりがあった。夫人のお腹《なか》に赤ちゃんがいて、船長の留守《るす》に生まれる予定である。そのことは船長も考えていた。

「はじめてのわたしの子どもが生まれるとき、家にいられなくて残念だ。アルバティーナが無理したり、困《こま》ることがないよう、ミリーおばさんにきてもらうようたのんだよ」

ミリーおばさんは、前の家で万次郎《まんじろう》とはよくなじんでいる。おばさんが家事をひきうけたので、お産をひかえたアルバティーナには、たいへん心づよかったはずである。

やがて、ホイットフィールド家にはじめての赤ん坊《ぼう》が生まれ、ウィリアム・ヘンリーと名づけられた。咲《さ》いたばかりの花びらのように、やわらかで、汚《けが》れなく、あまりのいとしさに、世話をやりたくて、万次郎は夢中《むちゅう》になってしまった。

——おれにも、赤ん坊のときがあったんだ。

ふっと、みすぼらしい家で、背《せ》をまるめて針仕事《はりしごと》をしているおかやんの姿《すがた》がうかんだ。いまの自分の幸せが、おかやんに申しわけない気がしてきた。

農場の仕事や育児《いくじ》にも協力しながら、万次郎は、こんなことを考えていた。

——学校を出たら、このように恵《めぐ》まれた生活で、この家にいつまでも甘《あま》えているわけにはいかない。働いて、独立《どくりつ》して生きていけるようにしたい。

そこで夫人にも話して、働きながら樽《たる》作りの技術《ぎじゅつ》を身につけることにした。

航海士と樽作り、二つを身につければ、東洋人でも仕事につけないという心配はない。

翌《よく》四五年二月（新）、万次郎《まんじろう》は、ニューベッドフォードのハジーという樽職人《たるしょくにん》の家に住みこみで修業《しゅぎょう》をはじめた。鯨油《げいゆ》をつめる樽作りは、アメリカ捕鯨《ほげい》で絶対《ぜったい》に欠かせない。

鯨油《げいゆ》の臭《にお》いがただよう港町でも、木材を削《けず》る樽作りの仕事場だけは、すうーっとして、身体《からだ》じゅうが清らかになるような、木の香《かおり》に充《み》ちていた。

ところが、ハジーのところでは、ほかの職人もそうだが、食事が十分でなく、伸《の》びざかりの年齢《ねんれい》なのにいつも空腹《くうふく》で、がまんするのがつらかった。

休日だけはホイットフィールド家に帰るので、そのたびに満足な食事にありつけたが、夫人は、万《まん》次郎《じろう》がもどるたびに、やせて疲《つか》れたようすなのが、心配でならなかった。

「ジョン・マン、無理じゃないの。身体をこわしたらだめ。やめて帰っておいでなさい」

でも、万次郎の意志《いし》は固くて、住《す》み込《こ》みをつづけたので、とうとう栄養不足で病気になってしまった。

「だから、やめなさいってすすめたのに。航海士の技術《ぎじゅつ》、ひとつあればいいのよ」

万次郎は丈夫《じょうぶ》で、風邪《かぜ》ひとつひいたことがない。他国で寝《ね》こんでみると、故郷《ふるさと》の家族のひとりひとりの顔が、こみあげるように思いだされる。

――おかやんに会いたい。きょうだいたちも、どうしているだろう。土佐《とさ》に帰りたい。

それでも、ちゃんと食事して休養すると、みるみる体力も気力も快復《かいふく》したので、夫人の止めるのもきかず、万次郎はまたハジーのところにもどり、年季をつとめあげ、ついに一人前の樽職人となった。

こうしてバートレット・アカデミーを卒業し、航海士の学識《がくしき》、技術《ぎじゅつ》を身につけた。漂流《ひょうりゅう》して五年余《よ》、アメリカに来て三年。万《まん》次郎《じろう》は一九歳《さい》、たのもしい青年に成長した。

五　望《ぼう》郷《きょう》（一八四六〜五〇年）

1　ジャパン・バッシング

農場から戻《もど》って、外で手足を洗《あら》っていた万次郎《まんじろう》は、背後《はいご》から声をかけられた。

「ジョン・マン元気かい。話があって来たんだ」

かつてジョン・ホーランド号の乗組員であったアイラ・デービスである。家に入れると、

「おれはな、こんどフランクリン号のキャプテンをたのまれた。いま乗組員を集めている。どうだいジョン・マン、以前のよしみで、いっしょに船に乗ってくれないか」

単刀直入《たんとうちょくにゅう》にさそわれた。万次郎の血はさわいだ。航海士としての勉強を終えたばかり。学んだ航《こう》海術《かいじゅつ》を活かすいいチャンスだ。

しかし、ホイットフィールド船長の航海中に、ことわりなく出ていくのは気がとがめる。夫人も、農場や育児でたいへんだし、とは思ったが、アルバティーナ夫人に話してみた。

「いい機会じゃないの。勉強してきたことが活かせるし、あなたも海に出たいでしょ。将来《しょうらい》のためにも、経験《けいけん》をつんでおくといいわ。農場の仕事をしていたら、りっぱな航海士になれないわよ。ここ

には、働く人がちゃんといるからいいの」

「でもじつは、もしかして、機会があったらですが、このごろ、しきりに日本に帰りたくてたまらないのです。ここでの生活、こんな幸せはありませんけど。ですからいえることではありません。船に乗ったら、故郷《ふるさと》に帰りたい気もちが、抑《おさ》えられそうにありません。もちろん帰国は容易《ようい》でないです。でも、わたしは、母に心配させたままで……」

「母に」といったとたん、万次郎《まんじろう》は急にこみあげてきた涙《なみだ》をぐっと飲みこみ、ことばが切れた。夫人は、はっとその顔を見つめなおした。そして、声を落としていった。

「そうねえ。あなたの気持ち、そうでしょうね。チャンスがあったら勇気をだしていきなさい。わたしも淋《さび》しくなるし、ウィリアムも航海中だけど、あなたは自分の気持ちに、正直に行動していいのよ」

ありがたいことばだった。万次郎は決心がついた。

「祖国《そこく》に帰りたい」それは、ほのかな希望であって、とても困難《こんなん》な夢《ゆめ》の話なのだ。

それでも万次郎は、デービスに帰国させてほしいのだが、と条件《じょうけん》をもちだした。

「そうかい、わかった。難《むずか》しいことだがな、日本の近海にいったら、ボートを降《お》ろして協力してやろう」

デービスはそう約束した。その代わり万次郎の待遇《たいぐう》は、下っぱの船員ウエイター（給仕《きゅうじ》）にして、航海士の資格《しかく》も、樽作《たるづく》りの技術《ぎじゅつ》も無視《むし》された。がまんできない不利な契約《けいやく》なのに、万次郎は「帰国したい。できるかもしれない」の思いで乗船した。

一八四六年五月一六日(新)、フランクリン号は、ニューベッドフォードを出帆《しゅっぱん》した。

大西洋を東へ横切るのにひと月、途中《とちゅう》でマッコウクジラ二頭をあげる。それより南下して、ケープベルデ諸島《しょとう》のサンチアゴで薪《まき》とブタを補給《ほきゅう》し、アフリカ大陸の南端《なんたん》、喜望峰《きぼうほう》まわりでインド洋へ、そして東へ東へ、クジラを追う航海はつづく。

以前に世話になったエーキンが、一等航海士で万次郎《まんじろう》に目をかけてくれた。だがこの船内では、船員の多くから、万次郎はにくしみの眼《め》をむけられていた。

「おめえ、チャイニーズ(中国人)じゃねえで、ジャパニーズだと。悪魔《あくま》のジャパンだとな」

「ジャパンは、漂流《ひょうりゅう》したやつを助けて送ってやっても、受けとらずに大砲《たいほう》ぶっ放すんだぞ」

「そうだ、モリソン号は大砲撃《う》たれて逃《に》げたんだ。世界じゅうみんな知ってるぞ」

「人間の心がねえんだよ、ジャパンは。水や食糧《しょくりょう》がなくなっても、寄れやしねえだろ」

責《せ》められることばは、寄港《きこう》したどこでも、ほかの船の船員からも聞かされた。

祖国《そこく》を非難《ひなん》されるのはつらい。でもそれは、非難されて当然のことだった。

(浦賀沖《うらがおき》にきたアメリカの貿易船《ぼうえきせん》モリソン号は、一八三七年六月、砲撃《ほうげき》され追い払われた。モリソン号は、漂流民を日本に送りながら、幕府《ばくふ》の「異国船《いこくせん》打ち払《はら》い令」によって、通商を求めるため来航したのだった。)

「あんな悪魔の国ジャパンなんか、海軍が攻《せ》めてって、やっつけちまえばいいんだ」

とまでいわれた。万次郎《まんじろう》は顔をふせて、じっと耐《た》えつづけた。

――チャイナ（中国）はイギリスに攻《せ》められて、ホンコン（香港）をとられたし、植民地のようにされているらしい。世界じゅうの嫌《きら》われものの日本が、次にやられる国かもしれない。なんとか日本を変えないとあぶない。……でも、どうしたら変えられるだろう。

――故郷《ふるさと》に帰れればいい、だけじゃないのだ。もし帰国できたら、おれは、世界じゅうから仲よくされる日本にしたい。何としても鎖国《さこく》をやめさせたい。

フランクリン号が、南インド洋のど真ん中にさしかかったときだった。海面をおよぐ大ガメを発見して、船員たちがさわいだ。甲羅《こうら》だけでも二メートルはある。だれかが、甲板《かんぱん》からモリを投げたが、ちょっと傷《きず》つけたぐらいでうまくいかない。

万次郎《まんじろう》は、さっと服と靴《くつ》をぬぎ、小刀を手にするや、水上四メートルの船べりから、ひらりと身をおどらせた。船員たちは「あっ！」と声をあげた。

大ガメをつかまえた万次郎は、左手をカメの首にまわし、右手で小刀を首に突《つ》きたてた。海面に血が赤くひろがった。カメはもぐって暴《あば》れたが、万次郎はどこまでも手をはなさない。やがてカメが力つきると、船から下ろされた縄《なわ》にカメをくくって、自分も引きあげてもらった。

船上では、万次郎の胆力《たんりょく》と、みごとな大ガメのしとめ方に、さかんな拍手《はくしゅ》がわいた。万次郎に反目《はんもく》してきた船員も、一躍《いちやく》「勇者のジョン・マン」とみとめて、船内の空気が変わった。

万次郎にしてみれば、「勇猛心《ゆうもうしん》だ。全身でぶつかっていくのが日本人だ」という祖国《そこく》の名誉《めいよ》をかけた大一番を演《えん》じたのだった。

長い航海で、新鮮《しんせん》な食糧《しょくりょう》を欠く船員たちにとって、大ガメはすごい美味のごちそうで、得難《えがた》い栄養源《えいようげん》になるから、たいへんよろこばれた。

スンダ海峡《かいきょう》を抜《ぬ》け、ティモール島で水、薪《まき》、食糧《しょくりょう》を調達してひと月休み。船の修理《しゅうり》で、グァム島に一〇日の寄港《きこう》となった。

そこで万次郎《まんじろう》は、ホイットフィールド船長にあてて、手紙を出した。

「船長との相談もなく、留守中《るすちゅう》に船に乗ったことは申しわけありません」

でも、そのこと以上に手紙にはだいじなことを書いていた。

「もし日本に帰国できたら、わたしは、捕鯨船《ほげいせん》が日本でも補給《ほきゅう》を受けられるよう開港させたいのです」

「これから琉球沖縄《りゅうきゅうおきなわ》にむかい、無事に上陸できる機会をえたいと願っています」

万次郎は、危険《きけん》をおかしても、本気で帰国するつもりだったのである。

グァムを出港すると、船は日本近海にむかい、小笠原《おがさわら》の父島に寄港した。当時はまだ日本領《にほんりょう》ではない。来航した船に野菜を供給《きょうきゅう》するアメリカ人がいた。

それから間もなく、フランクリン号は、琉球の近海を通過《つうか》する。いよいよ決行がせまってきた。

――国と国がつきあうのは、世界では当たり前だ。日本でも開港するようにいえる人間は、このおれしかいないのだ。

――開港しないと、日本は世界じゅうの敵《てき》だ。攻《せ》められたら勝てない。ほろぶのは必至《ひっし》だ。

——しかし、帰国できても、土佐《とさ》の片隅《かたすみ》にいた漁師《りょうし》の若造《わかぞう》がいうことを、国のえらい人が聞いてくれるはずがない。それはわかりきったこと。

——それでも、帰らなければ何もできやしない。どうしても上陸に成功したい。

ハラを固めれば、固めるほど、不安からくる緊張《きんちょう》と、それを打ち消す気持ちやらが入りまじって、胸《むね》の動悸《どうき》がはげしくなった。

いよいよ琉球《りゅうきゅう》の山が、かすみのように見えたとき、デービス船長の声がひびいた。

「ボートを降《お》ろせ！」

2 帰国へのチャレンジ

ボートには、船長も加わって七人、オールを鳴らし、漕《こ》ぎに漕いで、ついに琉球につく。

それを見つけた住民が、こわごわと一〇数人、遠巻《とおま》きに見守《みまも》っている。知らせを受けたのか、役人らしい日本の武士がふたり、やってきた。

万次郎《まんじろう》は、わすれかけた土佐ことばで懸命《けんめい》に話したが、なかなか通じない。

「上陸は許さぬ。帰れ！」と手をふるばかりだった。

「おれは日本人だ。日本に帰りたいのだ」いくら言っても相手にされない。

日本人はひとり、あとは外国人だったこともあったかもしれないが、万次郎はショックを受けた。

——日本人なのに、日本に帰さないなんてひどい。だから外国人に「日本人はブタの頭だ」と言われるんだ。でも、おれはあきらめない。

当時の琉球《りゅうきゅう》は日本の領土《りょうど》でない。独立国《どくりつこく》だったが、薩摩藩《さつまはん》の役人が支配《しはい》していて、ここにも日本の鎖国政策《さこくせいさく》がおよんでいた。

目的ははたせなかったが、デービス船長は約束どおり、協力してくれたのである。

そのあと、グァムに寄港《きこう》したころから、フランクリン号にたいへんな事態《じたい》が発生した。

デービス船長が、突然理由なしに暴力《ぼうりょく》をふるい始めた。人に銃《じゅう》をむけたりする、凶暴性《きょうぼうせい》の精神病になったのである。危険《きけん》を感じた船員たちが謀《はか》って、船長を一室に監禁《かんきん》してしまった。

フィリピンのマニラにアメリカ領事館《りょうじかん》がある。マニラで入院治療《ちりょう》を受けさせ、アメリカゆきの船で送り帰してもらおうと、マニラにむかった。

ところが、マニラが近くなった海上で、ひどい大シケに襲《おそ》われた。多数の船員が機敏《きびん》に行動するには、指揮《しき》するキャプテンがいないと、うまく対応《たいおう》できない。船はパニックにおちいりかけた。

「ミスター・エーキン、キャプテン代理で指揮してください。わたしが助手をします」

万次郎《まんじろう》の主張《しゅちょう》で、エーキンが指揮をとり、万次郎の舵《かじ》とりで船は危機《きき》をのりきった。

それが乗組員に安心をあたえ、万次郎にたいする信頼《しんらい》が高まった。

マニラで領事館に、キャプテンの入院と送還《そうかん》をひき受けてもらうと、船員たちは投票によってキャプテンを決めた。結果は、エーキンと万次郎が、ふたり高位で同点だった。

「もちろん、大先輩《だいせんぱい》のミスター・エーキンがキャプテンですよ」

「それではジョン・マンは、おれの役をやれよ」

ということで、万次郎《まんじろう》は下級船員から一躍《いちやく》、一等航海士、副船長役を務《つと》めることになった。

フランクリン号での航海三年め、マニラを出て捕鯨《ほげい》をしつつ、六月ごろ日本の本州東北の沖合《おきあい》にきたとき、海の色が変わっていた。カツオの群《む》れなのだ。

「おお、日本の漁船だ。カツオを釣《つ》ってるぞ」

二〇をこえる舟《ふね》が、カツオの一本釣りをしていた。かかったカツオが景気よく、うろこをきらきら輝《かがや》かせてはねあげられている。

漁師《りょうし》なら以前の仲間だ。こんどこそはと、そこにボートを漕《こ》ぎよせた。

外国船と見た彼《かれ》らは、次つぎに警戒《けいかい》してはなれていく。

万次郎は、日本人と見えるよう着物に鉢巻《はちまき》で、夢中《むちゅう》になって呼びかけた。二艘《そう》の舟《ふね》に、ビスケットを差し出して会話した。しかし、ついて出たことばは英語だった。しまったと、「おれ、日本人。漂流者《ひょうりゅうしゃ》だ」日本語を思い出しながら、懸命《けんめい》に話しかけたが、こちらは土佐《とさ》方言、相手は東北方言らしく、ここでもことばが通じない。それに、外国船にかかわるのを怖《おそ》れたのか、避《さ》けていってしまった。またも帰国は叶《かな》えられずである。万次郎は悲しかった。

――漁師なら、ぜったい漂流者を見逃しはしないのに……。外国の船を見ただけで、日本人のおれを見すてて行ってしまった。漁師にさえも裏切られたか。

船は、一〇月一七日（新）ホノルルについた。ここに漁師《りょうし》仲間の四人がいると思ったのに、会えたのは寅右衛門《とらえもん》ひとりだけだった。ここで大工をしている彼はいった。

「かわいそうに、重助《じゅうすけ》は病で死んだ。筆之丞《ふでのじょう》と五右衛門《ごえもん》兄弟は、日本に帰国するちゅうて、協力してくれるフロリダⅡ世号に乗っていった。もう着いたかもしれん。おれは日本に帰る気がないけん、そいでこうしちょる」

せっかくの機会なのに、ふたりに会えないでがっかりしていると、フランクリン号の停泊中《ていはくちゅう》に、フロリダⅡ世号がハワイに入港した。なんと、筆之丞《ふでのじょう》と五右衛門《ごえもん》がその船で戻《もど》ってきた。三人は、その偶然《ぐうぜん》に抱《だ》きあってよろこんだ。

「万次郎《まんじろう》、無事だったか。すっかり成長したな」

「船頭《せんどう》、五右衛門兄やん、会えてよかったあ。帰国したとばかり思っておったけん」

筆之丞は、現地《げんち》の人が呼びやすいよう伝蔵《でんぞう》と改名していた。フロリダⅡ世号は、八丈島《はちじょうじま》に航行したが、風波の荒《あ》れがひどく、ボートが寄せられなくて、北海道の松前沖へむかい、ボートでコックス船長と上陸した。だが、浜《はま》にいた人たちは消え、小屋にも人がおらず、船長は、ここにふたりを残すのは危険《きけん》だと判断《はんだん》して、あきらめさせて戻ってきたのだった。

「むずかしいことよ、なあ。よほど計画をねらないと」

伝蔵がため息をついた。安易《あんい》な計画では二《に》の舞《まい》になる、と万次郎は考えた。

ところで万次郎は、ホノルルでサムエル・デーモン牧師《ぼくし》と知りあう。幸運な出会いであった。デーモンは六年前に、アメリカから布教《ふきょう》にきた宣教師《せんきょうし》だった。

彼は、ハワイに寄港《きこう》する船員たちのために、月刊誌《げっかんし》『フレンド』を発行していた。のちに万次郎《まんじろう》が帰国するとき、たいへん力になってくれた人である。

フランクリン号は、それからも捕鯨《ほげい》をつづけ、セーラム島に寄ったとき、万次郎は、ヘンリーへのみやげにオウムを買った。ヘンリーにオウムを見せたときを想像《そうぞう》すると、笑いがこみあげてくる。

「ハーロー　ヘンリー」「ハーワーユー」など、くり返しておぼえさせた。

船は、ティモール島からインド洋を西へ西へ。アフリカの喜望峰《きぼうほう》まわりで大西洋にでた。

ホイットフィールド夫妻《ふさい》のいる家庭への帰路《きろ》である。祖国《そこく》への帰国ははたせなかったが、万次郎には、よろこんで迎《むか》えてくれる第二の故郷《ふるさと》がある。

一八四九年九月（新）、フランクリン号は三年半の航海を終え、約五〇〇頭分の鯨油《げいゆ》をつんで帰港した。

きびしい試練もあった。だがフランクリン号の体験は、青年万次郎を人間として、航海士として、大きく成長させた。労働をとおして学んだ大学でもあった。

3　ゴールドラッシュに

知らせがあったらしく、ホイットフィールド夫妻《ふさい》が途中《とちゅう》まで迎えにきてくれた。

船長も前年の七月、航海から戻《もど》っていて、再会《さいかい》は五年ぶりになる。

「キャプテン、無断《むだん》で航海に出てすみません」

「いやあ、おまえは航海士じゃないか。一人前の船乗りになって、無事に帰ってきた。よろこんでいいことだ」

「ところでヘンリーは？　子どもらしくなったでしょう。これ、ヘンリーに……」

とたんに、ふたりの顔がくもった。うつむいて船長がいった。

「あれは、かわいそうに、病でな、いまは天国だ」

「えっ、ほんとうですか。……大きくなったヘンリーに会えるの、楽しみにしていたのに」

万次郎《まんじろう》は、体からすうっと力が抜《ぬ》ける感じがした。エメラルド色の目、かわいらしい小さな手、一点の汚《けが》れもない、清らかなあの児《こ》が死んだとは……。

どうして、あの児が？　万次郎はしばし何もいえなくなった。

そんなことを知らないオウムが、叫《さけ》んだ。

「ハーロー、ヘンリー」「ハーワーユー」

そのヘンリーがいない。万次郎の胸《むね》にできた空洞《くうどう》に、さわさわと風がぬけた。

農場の家でくつろぎ、三人そろったのも、夫人のあたたかな料理も久《ひさ》しぶりだった。

「たくましくなったな、ジョン・マン。そうか、はじめて自分から乗りこんだ船で、副船長にえらばれたとは、すごいぞ。たいしたものだ」

船長も夫人も、万次郎《まんじろう》の帰宅《きたく》を、とてもよろこんでくれた。万次郎は、科学文明も社会制度《せいど》も進んだアメリカが好きだ。尊敬《そんけい》できるアメリカ人、親しい友人も少なくない。それでも日本人だった。やはり母国に帰りたい。

それと、日々につよまる使命感がある。

――日本が遅《おく》れているのは鎖国《さこく》のせいだ。世界じゅうから嫌《きら》われているのも鎖国だからだ。日本の港を開かせるためにも、わたしはぜったい帰国する。

そのことが、もう頭からはなれなくなった。

――そのための計画と準備《じゅんび》をしっかりやっておこう。その費用ぐらいは稼《かせ》いでおこう。

フランクリン号での配当金ではとても足りない。

そんな折も折、カリフォルニアの山から金《きん》が出たという「ゴールドラッシュ」の騒《さわ》ぎがあった。東のカリフォルニアへ、我《われ》もわれもと、「ひと財産《ざいさん》つくってこよう」と夢《ゆめ》みて、金の発掘《はっくつ》に出かけていくのだった。

仲よしのテリーが、その話でやってきた。

「どうだい、いってみないか。うまい話も他人ごとじゃ、ちっとも面白《おもしろ》くねえ。自分ごとにしねえとな。船乗りよりも、よっぽどいい稼《かせ》ぎになるぞ」

「テリーも出かけるかい」

「ああ、ひと稼ぎしてくる。だけどおれは、金じゃない。金を掘《ほ》りにくる連中を相手に商売をやる。

こっちで日用の雑貨《ざっか》とかを仕入れて、幌馬車《ほろばしゃ》ではこぶ」

「じつは、カネがほしいんだ。おれも、いってみるかな」

「いくなら、むこうで道具なんか買うなよ。こっちで揃《そろ》えていくといい。むこうで買ったら四倍も五倍もとられて、バカみるからな」

テリーは、じつによく調べている。自信たっぷりだ。

万次郎《まんじろう》は、テリー情報《じょうほう》を参考にし、ほかからの知識《ちしき》も仕入れて、計画をたてた。テリーにいわれたように、発掘《はっくつ》に必要な道具を一〇ドルほどでそろえた。

「気をつけろ。金山には、すげえ悪党《あくとう》がおるんだ。こうされるかもな」

と、拳銃《けんじゅう》を撃《う》つゼスチャーも見せた。現地《げんち》では治安が悪くて、事件《じけん》が絶《た》えないという。

「ようし、それでは」と万次郎は、護身《ごしん》のための拳銃を二挺《ちょう》買った。

いざとなれば、この二挺拳銃で相手をしてやると、頭のカウボーイハットの幅広《はばびろ》のつばをちょっと動かし、拳銃を撃つかまえを幾度《いくど》もして、手指になれさせた。

サンフランシスコへは船で行く。船乗りとして雇《やと》ってもらえば、船賃《ふなちん》も食費もかからないし、賃金《ちんぎん》ももらえる。それに陸路より船の方が安全なようだ。そこで万次郎は、サンフランシスコ行きの材木運搬船《うんぱんせん》、スティグリッツ号の水夫となった。

そのころ「おお、スザンナ」の歌が大はやりだった。万次郎も船員たちも、バンジョウを鳴らして恋人《こいびと》さがしの旅にいく気分で、「おお、スザンナ泣くでない」とよくうたった。

（「おおスザンナ」フォスター作曲、歌詞《かし》原作者不明。日本で歌われる歌詞は津川圭一《つがわけいいち》訳《やく》、原歌詞とはかなりちがう。）

南極に近いホーン岬《みさき》をまわって、サンフランシスコ着は翌年の五月下旬《げじゅん》。宿に三日泊《と》まって、金山の情報《じょうほう》をしっかり調べなおした。それからサクラメントまで、外輪の蒸気船《じょうきせん》で一日、さらに、めざす金山まで馬車で五日がかりである。

この旅では、アメリカの光と陰《かげ》をしっかりと見た。

――アメリカは動いている。どこにいても手紙が送れる。蒸気で動かす船もできた。鉄のレールが遠くまで敷《し》かれ、その上を、蒸気ではしる機関車に、たくさんの鉄の箱をつなげて、おおぜいの人間を乗せ、引っぱってはしる。アメリカはすばらしい。

――しかしここには、金のために堕落《だらく》する人間がおおすぎる。あやしい店がいっぱいだ。

サクラメントで、テリーと出会った。彼《かれ》は金山景気のおかげで、確実《かくじつ》な利益《りえき》をあげたらしい。用意した商品はほとんど売れて、まもなく帰るという。

万次郎《まんじろう》は、山をとりしきるボスに会った。おでこと肩幅《かたはば》がひろいやくざ風の男だ。

「泊《と》まり込み、食事つきで一日六ドルやる。いい話だろ。どうだ、おれのところで働け」

アメリカ生まれのオランダ人だった。すぐには泊まるところもないし、仕事が分かるまでならいいか、と雇《やと》われた。

仕事場の川は、砂金採《さきんと》りの男たちでうるさい。シャベルで川底を掘《ほ》る男が、水をはね飛ばす。ほとんどの者は、川底の砂利《じゃり》をすくっては、平たい選鉱鍋《せんこうなべ》をゆらして、砂利や砂を流している。万次郎《まんじろう》もその仲間になった。

「金は一番重いからな。ほかの物を流して、あるなら、さいごに残った中に沈《しず》んでるんだ」

そのことを、テリーがしつこく言っていた。

川底をすくう。ほとんど砂利だ。選鉱鍋をゆすって、ゆすって、砂利も砂も流してしまう。何も残らない。またすくう。何度でも同じことを繰《く》り返す。やっぱり何も残らない。ひがな一日、すくって、ゆらして、すくって、ゆらす、ただそれだけだ。

冷たい水の中に立って、来る日も来る日も、鍋をゆすっては流す。同じことしかやらない。金はなかなか採《と》れるものでなかった。あきらめて帰ってしまう人間が多い。けれど、万次郎はあきらめなかった。

そのうち、小さな小さな砂金《さきん》が、わずか見つかることがあった。ある日、鍋に残ったのが、粒《つぶ》どころでない。金にしては大きすぎる。「金はな、キラキラ光ってないぞ」と聞かされているが、こいつは、にぶく光っている。

「ボス、これ、金ですか。金にしては大きい」

「おおっ、でかしたぞう。まさしく金だ。こんなにでっかいのは珍《めずら》しいな」

ボスは上機嫌《じょうきげん》で、ラム酒を一本おごってくれた。

その金は、八ポンド二オンス（三キログラムに近い）もあって、そのときの相場で、二〇〇〇ドルを超《こ》えるほどのものだったとは、あとで知った。

ところがボスは、大金が入ったので、それで賭博《とばく》に手を出して失敗し、文無しになってしまった。そのため万次郎《まんじろう》は、三〇日も働いたのに、給料がもらえなかった。争ったら危険《きけん》だと感じたので、さっと引き払《はら》い、独立《どくりつ》してつづけることにした。

自分で権利《けんり》を買い、ねばりづよく七〇日働きつづけ、たまった砂金《さきん》を換金《かんきん》したら六〇〇ドルになった。フランクリン号では三年半で三七〇ドルだから、ずいぶんわりがよかった。

――まったく採《と》れない日も多いのに、おれは、捕鯨船《ほげいせん》にいたおかげで、あきらめないですんだ。捕鯨船では、何か月もクジラが捕《と》れなくても、つづけていたからなあ。

――これで日本に帰れる。ここは長くいるところでない。事件《じけん》が起きないうちに引きあげよう。ハワイに行って、四人そろって国に帰ろう。

故郷《ふるさと》に帰るときは、一〇年前の漁師《りょうし》仲間と、かならずいっしょに帰ろうと決めていた。

4　ハワイの支援《しえん》

サンフランシスコからハワイにいく貿易船《ぼうえきせん》で、万次郎《まんじろう》は、一〇月一〇日にハワイにつくと、すぐ寅右衛門《とらえもん》に会いにいく。すると、伝蔵《でんぞう》（筆之丞《ふでのじょう》）と五右衛門《ごえもん》を呼《よ》んできて、三年ぶりの再会《さいかい》を喜びあった。

万次郎の帰国の話に、寅右衛門《とらえもん》は首をふった。

「けんど、おまんひとり残して帰るわけにゃいかんぞ。土佐《とさ》に帰れたら、なんでひとり置いてきちょったかいわれる。そのいいわけもできやせん」

伝蔵《でんぞう》の説得にも、寅右衛門の気持ちは変わらない。

「すまん、おれはハワイがえい。日本より自由で、大工して暮《く》らせるし、いまは妻《つま》もおる。危険《きけん》をおかしてまで、日本に帰る気にゃならんがよ」

本音を聞けば、無理につれだすわけにいかない。三人で日本に帰ることで相談した。

捕鯨船《ほげいせん》でつかうようなボートと船具を買い、船につんでもらい、琉球国《りゅうきゅう》の近くでボートを降ろす。そこから漕《こ》いで琉球に上陸する。

＊

そのための捕鯨船か、琉球の近くをとおる中国ゆきの貿易船《ぼうえきせん》をさがす。

＊

前回もそうだが、万次郎《まんじろう》は、直接《ちょくせつ》に日本に上陸するより、琉球で上陸を認《みと》めてもらって日本に移《うつ》されるほうが、帰国できる可能性《かのうせい》が高い、と考えていた。

メキシコのシャンハイ（上海）ゆき貿易船が、ハワイに入港したので、万次郎はキャプテンをたずねた。

「船員として働きますが、こういうわけなので、ボートを積んで、三人を琉球の近くまで乗せていってくれませんか」

「うむ、ここで四人の水夫が船を降《お》りるので、人をやとうつもりだったから乗せていきたいが、三人も途中《とちゅう》で抜《ぬ》けたら、シャンハイまでが人手不足になる」

　ホイットモア船長は承知《しょうち》してくれない。

「それなら、ふたりだけ降《お》ろしてください。わたしは船にのこってふたりの分も働きます。シャンハイについたら、日本に行く船をさがします」

と熱心にたのみこむと、やっと承諾《しょうだく》してくれた。

　ハワイのデーモン牧師《ぼくし》は、いろいろな手配をしてくれた。上陸につかうボートも、デーモンの斡旋《あっせん》で買えた。捕鯨船《ほげいせん》のよりは小さいが、頑丈《がんじょう》なつくりで目的にぴったりだ。

「アドベンチャー号」と名づけたのもデーモンである。

　そして彼《かれ》は、ハワイのローカル新聞『ポリネシアン』紙に、万次郎《まんじろう》らのことを紹介《しょうかい》して、「羅針盤《らしんばん》、猟銃《りょうじゅう》、衣服、靴《くつ》、航海暦《こうかいれき》などあったらご支援《しえん》ください」と呼びかけてくれた。

　そのおかげで、必要と思った品々が、すべてととのえられた。

　ハワイでは、知りもしない日本人に、ただ冒険的《ぼうけんてき》な帰国の勇気と心意気をたたえて、これほど応援《おうえん》してくれたのだった。万次郎は泣きたいほど、その好意がうれしかった。

　わかれのとき万次郎は、デーモンの手をかたくにぎっていった。

「わたしたちは、きっと日本に無事帰国できます。デーモン牧師や、ハワイのたくさんの人びとから、これほど大きな善意《ぜんい》をいただいたのですから」

　三人が乗ったシャンハイゆきサラ・ボイド号は、一二月一七日（新）ホノルルを出港した。

万次郎《まんじろう》は、このまま日本に帰ると、はっきりホイットフィールド船長に話していない。金山にいった後どうするか、決めてなかった。それで、出航前に船長に手紙を書いた。

「わたしの幼少《ようしょう》のころより、おとなになるまで育ててくださったご慈愛《じあい》は、けっして忘れることはございません。それなのに、いま、わたしは伝蔵《でんぞう》、五右衛門《ごえもん》とともに帰国しようとしています。ご恩《おん》返《がえ》しもしないで、このまま帰国する不義理《ふぎり》はゆるされることではありませんが、しかし、世の中はいい方向に変わっていきつつあるので、わたしたちは、いつかまたお会いできることを信じております。

（後略《こうりゃく》）」

ホイットフィールド夫妻《ふさい》の姿《すがた》を想いうかべただけで、万次郎の眼《め》が熱くなり、したたる滴《しずく》を、いく度もこぶしでぬぐいつづけていた。

——ほんとうなら、一生キャプテンの近くにいたいのです。でも、その気持ちをじっとおさえて、いま日本にむかいます。キャプテン、おゆるしください。

六　故国《ここく》（一八五一～五二年）

1　一念《いちねん》の琉球《りゅうきゅう》上陸

風むきが悪くて、サラ・ボイド号は琉球近海まで四八日もかかった。

万次郎《まんじろう》は、ホイットモア船長に頭をさげていった。

「約束通り、ふたりを降《お》ろしてください。わたしはシャンハイまでいきます」

船長は大きくうなずいた。伝蔵《でんぞう》はおどろいた。そんな約束は知らない。

「ここまで来れたは、万次郎のおかげじゃけん。自分らだけここで上陸したら、人でなしや。いっしょにシャンハイでも、どこにでも行くわえ」

といいだしたから、ホイットモア船長が説得した。

「日本では、一度海外に出た者の入国をゆるさない。死刑《しけい》だってあるらしい。アメリカに戻《もど》った方が身のためだよ。シャンハイにいけば、アメリカへいく船がくる。帰国はあきらめてそうしなさい」

（幕府《ばくふ》の追放令（一六三八年～一八五五年）には、「外国へ出かけ、そこに滞在《たいざい》し、しかるのち故国《ここく》に帰った者は死刑に処《しょ》す」とある。だが、実際《じっさい》に死刑になった者はいない。）

「ですがキャプテン、わたしたちは、帰国のために大変な苦労をしてきました。ここで計画を変えては、この努力が水の泡《あわ》になります。……ところで、伝蔵《でんぞう》さん兄弟は、ぜひ先に国に帰ってください」

万次郎《まんじろう》のことばに、伝蔵もあとにひかない。

「ひとりだけ船に残るなら、わしが残る。わしがシャンハイまででも……」

「いけません。わたしは必ずあとから帰国しますけん」

ホイットモア船長は、ふたたびこうすすめた。

「わたしは、あなたたちの帰国に協力したいのだ。しかし、危険《きけん》きわまりない帰国に手を貸《か》すのはつらい。ここは三人とも思いとどまりなさい」

万次郎は、船長の眼《め》をみつめて手をとった。

「キャプテン、ありがとう。お気持ちはうれしいです。ですが、あそこにはわたしの母がおります。ここまできて引き返したでは、子として人間の道にはずれます。死はもとより覚悟《かくご》の上ですから、いったんシャンハイにいったら、かならず日本に帰ります」

そのひたむきな姿《すがた》に、ホイットモア船長は、眼をしばたたいて小さくうなった。

「OK、ミスター・ジョン・マン、君の母を思う気持ちには、もう何もいうまい。君もいっしょに帰りなさい。シャンハイまではあとわずかだ。君がいなくてもなんとかする。さあ、上陸の支度《したく》をしなさい」

「ありがとう、キャプテン・ホイットモア。すみませんが、そうさせてくださると、どんなに助かるかわかりません。ほんとうに感謝《かんしゃ》します」

サラ・ボイド号は、琉球《りゅうきゅう》の山が見えるところまできて、錨《いかり》を下ろし、一夜まった。

翌日は天候がおだやかだった。沖縄《おきなわ》本島に約一〇キロという近くまで船を寄せて、荷を積んだアドベンチャー号を降《お》ろしてくれた。

「無事に帰国できることを、神に祈《いの》っている」

そういって、ホイットモア船長は、親切にも、たくさんの食糧《しょくりょう》と海図をくれた。三人は、船長と船員たちにお礼をいって、ボートに乗りうつった。いよいよである。

万次郎《まんじろう》は帆《ほ》を上げた。しばらくは帆が風をはらみ、ボートは波を切って走った。

ホイットモア船長は、しばらく望遠鏡で見とどけていたが、やがて船を西へ帆走《はんそう》させた。

アドベンチャー号は、途中《とちゅう》で急に北西の風がふき、海が荒《あ》れだしたので帆を降ろした。

また漂流《ひょうりゅう》かと五右衛門《ごえもん》はおびえたが、万次郎は、ふたりを励《はげ》まし、力づよくオールをにぎって漕《こ》ぐ。オールは四本あるが、万次郎はひとりで漕いだ。

きたえられたとはいえ、荒れ海をひとりで力漕《りきそう》するのは容易《ようい》でない。浜《はま》に近づいたのは夜中の二時ごろ、一〇時間かかった。さすがにひどい疲《つか》れである。

錨を降ろすと、伝蔵《でんぞう》がしばし頭をたれた。

「疲れちょったがや。万次郎にばかり苦労させてすまんのう。もう着いたもいっしょじゃけん。上陸は明日、まず腹《はら》をはらいて、ゆっくり休めや」

念願の琉球《りゅうきゅう》上陸は目の前である。

――おかやん、おれ、ここに来ちょる。もうすぐじゃ。どうなるかじゃ。明日は？

気が高ぶって、ほっとするどころでない。

その夜は海上の舟《ふね》でねた。万次郎《まんじろう》は、錨綱《いかりづな》が岩にあたって切れないか、それも気がかりだったが、つかれのせいで夜明けにはぐっすり眠《ねむ》りこんでいた。

珊瑚礁《さんごしょう》がつづくこの辺りは、遠浅なので、潮《しお》が引くと干潟《ひがた》になるから歩いていける。

かなり潮が引いた一一時ごろ、日本語をわりに忘れていない伝蔵《でんぞう》が、まず上陸した。

干潟の窪《くぼ》みにとり残された魚を捕《と》りに、手網《てあみ》をもった人がくる。

出会った琉球の人は、声をかけられると、見なれない洋服姿《ようふくすがた》なので異国人《いこくじん》と思ってか逃《に》げてしまう。たまに立ち止まる人がいても、琉球ことばに土佐《とさ》ことばでは話がつうじない。

つぎに万次郎も上陸した。ボートが流されないよう、ひとりはボートにのこった。

運よく日本語のわかる人に出会って、「ここはどこですか」と聞くと、「ここは摩文仁《まぶに》です」という。

沖縄《おきなわ》本島の南端《なんたん》にちかい地点であるらしい。

事情《じじょう》を話すと、親切に対応《たいおう》してくれた。

「それは大変なめにあって、苦労された。わたしがうまく連絡《れんらく》します。心配いりません」

「舟をつなぐ場所がありますか」

「いい舟着き場があります。そちらにおまわりなさい」

おしえてくれた浜《はま》に舟《ふね》をまわすと、そこに村人がいた。ビンを見せて水をたのむと、親切にも、水とむしたイモをもってきてくれた。

万次郎《まんじろう》らはその浜で、湯をわかしてコーヒーをいれ、食事をして休んでいると、さっきの人がとどけたためか、数人の者がきて荷物をもち、番所に案内してくれた。そこで薩摩藩《さつまはん》の役人のとり調べを受ける。

記録では、この日は「嘉永《かえい》四年正月三日」と記されている（新・一八五一年二月三日）。漂流《ひょうりゅう》して一〇年、伝蔵《でんぞう》（筆之丞《ふでのじょう》）四七歳《さい》、五右衛門《ごえもん》二五歳、万次郎は二四歳になっていた。

2　琉球《りゅうきゅう》、薩摩、長崎《ながさき》

万次郎たちの琉球滞在《たいざい》は、役人が鹿児島《かごしま》の薩摩藩に報告《ほうこく》し、指示《しじ》を受けたりで、半年もかかった。待遇《たいぐう》がとてもよいので、三人はふしぎでならなかった。

「これは、琉球のお酒ですね。おいしいです。毎日、たいへんなごちそうで、ありがたいのですが、どうしてこんなにしてくれるのでしょう」

食事をはこんでくれた人に、伝蔵がたずねると、琉球国王の指示があったらしい。

「国王から、土佐《とさ》の漂流者《ひょうりゅうしゃ》の皆《みな》さんを、おろそかにしないよう、お達しがありましたので。以前に、琉球《りゅうきゅう》の船が漂流して、土佐に着きましたところ、とても親切に介抱《かいほう》していただいたことがあります。

そのご恩《おん》にむくいたいと申されます」

罪人あつかいを想像したり、一時は死さえ覚悟した者にとっては、日本でなく琉球《りゅうきゅう》だとしてもふしぎな気持ちであった。

——日本に入ったら違っちょるかもしれん。楽観はきんもつじゃが……。

とにかく出立のさいには、駕籠《かご》まで用意してくれたほど、だいじにされたのだった。

琉球での、薩摩藩《さつまはん》の役人のとり調べは、おもに、

「土佐をでて、今日まで、どこで、何をして生きてきたか。どうやって戻《もど》ってきたか」

「アメリカの国のありさまは?」「一つ一つの持ち物を説明せよ」

こういうことだが、一〇年も日本語で話すことがなかったので、たどたどしい話しぶりになり、日本人であることさえうたがわれた。

しかし、母にもらった「どんさ」をもち帰ってきたのが、日本人である証拠《しょうこ》となった。

三人には記憶《きおく》のくいちがいもある。西洋の年月日と日本の暦《こよみ》はちがう。日付をどういうか困《こま》った。

持ち物では、日本にない物を、どう説明したら分かってもらえるか、苦心した。

伝蔵《でんぞう》たちと話したりするうち、少しずつ会話はもどってきたが、正確《せいかく》な日本語を勉強しないと、質問《しつもん》にも、うまく答えられないことに気がついた。

半年がすぎて鹿児島《かごしま》におくられた。八月一日(旧《きゅう》)には西鹿児島の役所につく。

薩摩藩の対応《たいおう》にもびっくりした。想像《そうぞう》していた罪人扱《ざいにんあつか》いどころか、酒食のもてなし、タバコ、三

人にそれぞれ着物一式、金一両ずついただいた。

薩摩藩の「藩」とは　将軍《しょうぐん》から与《あた》えられた大名の領地《りょうち》と、大名と家臣《かしん》の武士団《ぶしだん》、そして領内《りょうない》の百《ひゃく》姓《しょう》たち、すべてふくめて「藩」という。藩が一つの「国」で、数名の家老（重臣）の指図によって、武士たちが政治《せいじ》をおこなった。日本にいくつもの藩があり、それぞれの住人にとっては、「おらが国」だった。藩では、武士団をつよめる教育や訓練、それに、領内の道路や橋を整備《せいび》し、河川《かせん》の治水、産業をさかんにする事業などがあるが、年貢《ねんぐ》や税《ぜい》を集めるのが重要だった。万次郎《まんじろう》の「国」は土佐《とさ》で「土佐藩」が治める。

武士の世のなかは、食糧《しょくりょう》や生活用品、武具《ぶぐ》など生産する百姓《ひゃくしょう》たち（農漁民・職人《しょくにん》・商人・芸人）が支《ささ》えた。とくに農民の労働で藩はなりたち、殿《との》さまも家来もそれでくらせた。

薩摩《さつま》藩の殿さま島津斉彬《しまづなりあきら》は、万次郎らに興味《きょうみ》をもち、異国《いこく》の話を聞きたいものだと、城《しろ》に呼《よ》んだ。この当時、一国の殿さまにお目にかかれるのは、家臣でも身分が上の者だけである。ましてや漁師《りょうし》が、殿さまと話しあうなど、とてもありえないことだ。

村の庄屋《しょうや》に呼ばれても、家に入れてもらえず、庭に座《すわ》らせられる身分なのに、斉彬は畳《たたみ》の部屋にいれた。しきたりに捉《とら》われない殿さまであった。

斉彬は、近ごろ外国船が日本の近海によくやってくるので、穏《おだや》かならずと感じて、海外事情《じじょう》をよくしらべていた。万次郎が、アメリカで航海士をつとめたことに興味をもった。

万次郎《まんじろう》は問われるままに、電信、蒸気船《じょうきせん》、汽車、郵便制度《ゆうびんせいど》など、アメリカの文明を、とりとめなく話していたが、斉彬《なりあきら》は、それよりも、重要な点をついてきた。

「外国で暮《く》らして、もっとも日本とのちがいを感じたことはなにか」

「はい、それは人間に、身分の高い、低いということがないことです」

「なに?」

斉彬は思わず膝《ひざ》をのりだした。

「アメリカには国王がいません。王にかわる者は大統領《だいとうりょう》ですが、大統領の職《しょく》はプレジデントと申します。すべての国民が入れ札(選挙)をして、四年ごとに選びなおします。徳《とく》のある賢《かしこ》い人でないと選ばれません。外に出るときのおつきの者は、たいていひとりです」

「なんと?」

斉彬の顔に、おどろきの色が走った。

「農民でも、職人でも、能力《のうりょく》があればえらくなれます。それに何をいっても自由です。政府《せいふ》がよくないことを決めたら、それに反対することもいえます」

万次郎《まんじろう》は、社会の根本的なちがいをしっかり述《の》べた。

「いま申したこと、やたらと他言するでないぞ。幕府《ばくふ》のとり調べでいえば、そちのいのちにかかわる」

斉彬は、万次郎のもとに、役人と船大工を呼びよせ、西洋船の造《つく》り方をならわせた。

万次郎《まんじろう》と大工たちは、一か月余りでアメリカ式帆船《はんせん》の模型《もけい》をつくりあげた。薩摩藩《さつまはん》では、この模型をもとに、小型の西洋式帆船を造《つく》って、「越通船《おっとせん》」と名づけ物資《ぶっし》の輸送《ゆそう》に活躍《かつやく》させた。これが、万次郎によって西洋文化を日本に応用《おうよう》した第一号である。

薩摩藩《さつまはん》は、万次郎らから外国の知識《ちしき》を得たいので、四〇日以上も留《と》めおいたが、規則《きそく》によって九月一八日、藩《はん》の警護《けいご》で長崎《ながさき》におくられた。

江戸《えど》時代の鎖国中《さこくちゅう》は、外国との交渉《こうしょう》のすべては長崎奉行所《ぶぎょうしょ》でおこなった。帰国した日本人のとり調べも、ここの役割《やくわり》であった。

奉行所では、名と出身地をいわされると、すぐ、とり調べ中の者の牢《ろう》「揚《あ》がり屋」に入れられた。はなから罪人《ざいにん》の扱《あつか》いである。そこから何回も呼《よ》び出され、きびしく問いただされたのは、漂流《ひょうりゅう》してから帰国まで、「いつ」「どこで」「なにをしていたか」であった。

それも白洲《しらす》の砂《すな》の上に座《すわ》らせられ、役人は一段《だん》高い畳《たたみ》の上から、「おまえのことばはウソだろう」と、きめつける。アメリカではそんなことはない。万次郎は非常《ひじょう》に不愉快《ふゆかい》だった。

（琉球《りゅうきゅう》、薩摩、長崎で、とり調べられたときの口述《こうじゅつ》記録は、いまも残されている。）

さいごには、キリスト教信者でないかの確かめで、銅板《どうばん》の聖母《せいぼ》マリア像《ぞう》を足でふませた。

そのうち入浴、理髪《りはつ》、外出もゆるされ、社寺への参詣《さんけい》にもいった。

「はよう故郷《くに》に帰りたいのう。いつまでここにおくつもりじゃ」

三人はいらいらしているのに、ここでも、土佐《とさ》への身元の問いあわせ、返事まち。幕府《ばくふ》への報告《ほうこく》。

土佐《とさ》からの引きとり役人の迎《むか》えをもとめるなど、長崎だけで九か月ちかくかかった。いいわたされた判決《はんけつ》は「無罪放免《むざいほうめん》」である。土佐から迎えの一七人が到着《とうちゃく》したのは、翌年の六月一八日で、琉球に着いてから約一年半もたっていた。

長崎奉行《ながさきぶぎょう》から、幕府《ばくふ》への報告《ほうこく》に書かれたこの一文が、のちに万次郎《まんじろう》の人生をうごかした。

「万次郎は、すこぶる怜悧《れいり》にして、国家の用となるべき者なり」

3 錦秋《きんしゅう》の故郷《ふるさと》

長崎奉行所から帰郷《ききょう》がゆるされたとき、きびしい条件《じょうけん》がつけられていた。

「今後、土佐《とさ》から外へ出てはならぬ。外国のことを話したり、ひろめたりしてはならぬ」

七月一一日、一行は高知《こうち》につく。土佐藩《とさはん》の殿《との》さま山内容堂《やまうちようどう》は、重臣《じゅうしん》の吉田東洋《よしだとうよう》に万次郎からの聞きとりを命じた。東洋は配下の吉田正誉《よしだまさよし》に、客人のあつかいで万次郎と面談させ、聞きとらせた。その記録が『漂客談奇《ひょうきゃくだんき》』という文献《ぶんけん》にまとめられ、土佐藩では、「上役の者はかならず読むこと」とされた。

また、画家の河田小龍《かわだしょうりゅう》も容堂の指示《しじ》で、万次郎の体験やアメリカ事情《じじょう》など、くわしく聞いた。河田は、進歩的な万次郎の考えに共感するところがあり、彩色《さいしき》した挿絵《さしえ》を入れた体験記録を『漂巽《ひょうそん》紀略《きりゃく》』と題して五巻《かん》の書物にまとめ、世にだしている。

それらは、諸大名《しょだいみょう》や幕末《ばくまつ》の志士《しし》たちにもひろく読まれたという。鎖国《さこく》の時代に、はじめて日本人がつたえた海外知識《ちしき》として、その意義《いぎ》はきわめて大きい。

土佐《とさ》からは、明治維新《いしん》の変革期《へんかくき》に、重要な活躍《かつやく》をした人物が続出した。それには万次郎《まんじろう》の進んだ知識や思想が、影響《えいきょう》を与《あた》えていた。

万次郎は、自由な空気が吸《す》いたい。ひろい海にでたい。それなのに、「土佐《とさ》から外へ出てはならぬ」といわれた。藩主《はんしゅ》はその代わりにと、一生暮《く》らしに困らぬよう、三人それぞれに一人扶持《いちにんぶち》を与《あた》えるようはからってくれた。（一人扶持は一日五合約〇・九リットルの米が毎月支給《しきゅう》される。）

海に出られなくては漁師《りょうし》ができない。ましてや、日本で捕鯨船《ほげいせん》を造《つく》って、クジラを捕《と》りたかった夢《ゆめ》はふさがれた。

――こげなことじゃ、えい国にならん。自由がないけんに日本は進歩しちょらん。

一方で万次郎らは、藩主《はんしゅ》や重役、知識人《ちしきじん》に呼ばれて、ごちそうになったり、金品をもらったりして、海外の話を求められることがしばしばだった。

一〇月一日、三人はようやく帰郷《ききょう》をゆるされ、高知城下《こうちじょうか》を出発した。

宇佐浦《うさうら》にいくと、伝蔵《でんぞう》の家は、働き手の三人が遭難《そうなん》し、住人がいなくなったのでとりこわされていた。その晩《ばん》は伝蔵のいとこの家に泊《と》めてもらい、万次郎は、翌朝、筆之丞《ふでのじょう》にもどった伝蔵、五右衛門《ごえもん》兄弟にわかれをつげた。ふたりはくどいほど、礼をくりかえした。

「何度もあきらめちょったに、ぶじに帰れたがは、万次郎のおかげじゃけん。一生この恩《おん》は忘れん」

これが、共に生死の難関《なんかん》をくぐった筆之丞《ふでのじょう》兄弟との、さいごの別れになった。

万次郎《まんじろう》は、ひとり中《なか》ノ浜《はま》へむかう。やっと故郷《こきょう》に帰れるのだ。自然と足が速まった。

――おかやんは、元気でおるじゃろうか。長い間、心配かけたその分、うんとよろこばせたい。

そして四日めの一〇月五日(新・一八五二年一一月一六日)、まっ赤なヤマウルシの紅葉《こうよう》がみごとな中ノ浜峠《とうげ》にさしかかると、夢みたなつかしい浜辺《はまべ》が見下ろせた。

万次郎は、一刻《いっこく》もはやくと坂を駆《か》けおりた。

故郷の山野は、錦秋《きんしゅう》の季節であった。ウルシやツタは、あざやかな紅《くれない》を見せて迎《むか》えてくれた。アケビの果肉の香《かお》りは、故郷の匂《にお》いだ。波音までもなつかしく聞こえる。

村にもどった万次郎は、まずは村の庄屋《しょうや》のもとに報告《ほうこく》にたちよった。長崎奉行所《ながさきぶぎょうしょ》から村に問いあわせがあった日から、中ノ浜では噂《うわさ》でわきたっていた。

「万次郎が生きちょって、帰ってくると」

庄屋の屋敷《やしき》には、聞きつけた村人がおしかけていた。まちこがれていた母もきていた。

「あ、おかやん! おかやんじゃあ……」

母を見つけた万次郎は、思わずかけよった。

「万次郎、おまん、万次郎じゃねえ」

死んだとあきらめた息子《むすこ》が、信じられないほどに、たくましい成人となって帰ってきた。つぎはぎの、すりきれ着物で出ていった万次郎が、りっぱな着物を着て。まるで別人の青年のよう。

万次郎《まんじろう》にすがりついた母は、しばし涙《なみだ》にくれ何もいえない。

齢《よわい》をかさねて小さくなった母を、しっかと抱《だ》きかかえた万次郎も、無量《むりょう》の思いが涙となってあふれた。

「おかやん、長いこと心配させてすまん。わし、おかやんに、もう心配させせん。海にでるなといわれちょったで、樽屋《たるや》でもはじめるかと思っちょる」

家では、四人のきょうだいがそろって迎《むか》え、村人も集まってよろこびあい、ひとときの騒《さわ》ぎであった。

万次郎の墓《はか》があるというので、自分の墓を見に、坂をあがってふりかえると、故郷《ふるさと》の海は、かわらぬ紺青《こんじょう》の色をたたえて、どこまでもひろがっていた。

七　登《とう》用《よう》（一八五三年）

1　拝領《はいりょう》の刀

やっと帰郷《ききょう》できて、自分の家で三日三晩《みっかみばん》すごしただけなのに、藩《はん》の使者がやってきた。

「万次郎《まんじろう》はおるか。殿《との》のお呼《よ》び出しじゃき。明朝出立《しゅったつ》いたせ」

「へえっ、万次郎に、なんぞ落ち度がございましたか」

おかやんはたまげて、顔色かえておろおろした。まだ息子《むすこ》が、罪《つみ》を追及《ついきゅう》されるのかと心配で、万次郎の着物の裾《すそ》を、しっかとにぎっていった。

「もう、すっかり、お調べもすんだちゅうに」

「いや心配は無用。殿は、万次郎を藩の仕事につかせるご意向のようじゃき。安心いたせ」

藩主《はんしゅ》の山内容堂《やまうちようどう》は、万次郎の海外知識《ちしき》、英語力、航海技術《ぎじゅつ》などを活用したいと思った。万次郎が高知城《こうちじょう》におもむくと、藩内の武士《ぶし》を養成する学校「教授館《きょうじゅかん》」で、まず「英語を教授せよ」との下命《かめい》があった。

武士《ぶし》の子弟《してい》をおしえる教師《きょうし》が、生徒より下の百姓《ひゃくしょう》身分の漁師《りょうし》ではまずい。そこで武士でも最も

ひくい位の「御小者《おこもの》」にされた。

漁師《りょうし》が武士にとり立てられるとは、例がないこと。しかも、「刀を持っておらぬな」と、殿《との》さまから刀を賜《たまわ》った。すばらしい栄誉《えいよ》である。それなのに万次郎《まんじろう》はためらった。

——漁師やったおれが、刀を腰《こし》にさしてあるいたら、げにえらそうに見せびらかすちゅうことじゃけん。別にえろうなったわけじゃないのに、困《こま》ったことじゃ。

それで拝領《はいりょう》した刀を手ぬぐいでまき、ぶら下げて帰ったのだった。

「おかやん、いままでの埋《う》めあわせじゃけん。これから、いっしょに高知《こうち》でくらそうや」

万次郎のすすめを、おかやんはことわった。

「すみなれた中《なか》ノ浜《はま》から、いまさらはなれとうない」

それで城下《じょうか》に家を借り、ひとり暮《ぐ》らしがはじまった。

教授館《きょうじゅかん》では、日本ではじめて英語が学べるという歴史的な授業《じゅぎょう》がはじめられた。アメリカでは正確《せいかく》な英語である。日本にとって記念すべきこと、藩《はん》にとっては幸運なことなのに、土佐《とさ》では、英語を学びたい藩士は少なかった。それどころか、「漁師の若造《わかぞう》に、先生づらされてたまるか」と反発して、授業をさぼる者が多かった。

そのころの日本は、人間のねうちを、人格《じんかく》とか、教養とか、能力《のうりょく》、実績《じっせき》とかでみず、生まれる前から家柄《いえがら》できまっていた身分が、上か下かだけで人間のねうちをきめた（門閥制度《もんばつせいど》）。

だが心ある人は、あたらしい時代の気配を感じていた。ふるいしきたりや考え方より、必要な知識《ちしき》をもとめた。藩《はん》の重臣《じゅうしん》や知識人《ちしきじん》は、しばしば万次郎《まんじろう》から海外の話を聞いている。

藩の重役である吉田東洋《よしだとうよう》にまねかれ、外国の地図をひろげて説明していたとき、熱心に話をきいている少年がいた。東洋の甥《おい》で一五歳《さい》の後藤象二郎《ごとうしょうじろう》だった。その真剣《しんけん》さがうれしくて、万次郎は地図をあたえた。万次郎が、後藤象二郎や坂本竜馬《さかもとりょうま》、岩崎弥太郎《いわさきやたろう》ら若者《わかもの》の生涯《しょうがい》にあたえた影響《えいきょう》は大きい。後藤はのちに、明治政府《せいふ》を批判《ひはん》して、自由民権《みんけん》運動の指導者《しどうしゃ》になったが、万次郎が播《ま》いた民主主義の精神《せいしん》から芽生《めば》えたとみてよいだろう。

さて村では、万次郎の噂《うわさ》でもちきりだった。

「びっくりさせたのう、サムライになったがか」

「まっことえらい出世じゃ。藩の先生さまやと?」

こうさわがれても、当人にしてみれば、緊張《きんちょう》してばかりで気がおもい。本音は、海でクジラを追っていたあの頃《ころ》にもどりたくてたまらなかったのだ。

当時の身分制度　江戸《えど》時代は、武士でなければ、商店の旦那《だんな》も、大工も、農民も、みな百姓《ひゃくしょう》身分で、支配《しはい》する「武士」と、支配される「百姓」の二つの階級に分かれていた。しかし、武士にも、百姓のそれぞれの職種《しょくしゅ》にも、幾段《いくだん》にも身分の上下があって、差別される世の中だった。

2 黒船きたる

万次郎《まんじろう》が土佐藩《とさはん》に用いられたのは、旧暦《きゅうれき》の嘉永《かえい》五年一二月（新・一八五三年一月）で、日本全国を大きくゆるがしたアメリカのペリー艦隊《かんたい》の来航は、それから約七か月後の六月三日（新・七月八日）である。

ペリーは、巨大《きょだい》な軍艦《ぐんかん》四隻《せき》で江戸湾《えどわん》にのりこみ、江戸に大砲《たいほう》をむけた。彼《かれ》らは本気で、

「ただちに港を開きなさい。いやなら、この大砲がモノをいいますぞ」と開国をせまった。

日本で、もっとも大きな船の二〇倍もある、巨大な黒い鉄の船から、むくむく煙《けむり》をはき、巨砲《きょほう》を向けられたのだから、江戸の市中は大さわぎとなった。

万次郎は、黒船の来航を知るとじりじりした。

「やはり、くるものがきた。戦争にならなければよいが」

幕府《ばくふ》は、あわてていない。前の年にオランダから、アメリカが日本に使節を派遣《はけん》すること、その目的などが伝わっていた。しかし、そのための手だては何もしていない。

すでに「異国船《いこくせん》打ちはらい令」は、あまりにひどいと問題になり、「薪水供与令《しんすいきょうよれい》」となり、外国船に物資《ぶっし》を供与してもよいとなった。

七年前に、アメリカ海軍のビッドル司令官が、浦賀《うらが》に来航して通商をもとめたときも、薪・水など

を与《あた》え、おだやかに引きあげさせている。だから幕府は、ペリー艦隊も退去《たいきょ》させられる自信があった。ところが、外国船を受けつける長崎《ながさき》にいくよう、いくら説得しても、ペリー艦隊《かんたい》はがんとして動かない。しかたなく幕府《ばくふ》は、久里浜《くりはま》でフィルモア大統領《だいとうりょう》の親書を受けとった。

その親書の内容《ないよう》は、「両国の和親、水、食糧《しょくりょう》、薪《まき》、石炭などの補給《ほきゅう》、難破船《なんぱせん》の乗組員の救護《きゅうご》」を求める開国の要求である。

ペリーは「来年になったら回答を受け取りにくる」といって、一〇日後にはひきあげた。

そのころ、外国の船がしきりにやってきては、開国をせまっていた。

江川英龍《えがわひでたつ》（韮山《にらやま》代官）などは、オランダ語学者と交流し、西洋文明や海外情勢《じょうせい》を学んで、

「鎖国《さこく》をやめ、欧米諸国《おうべいしょこく》と交流し、進歩した科学を学ばないと、日本は世界におくれたままだ。それに急ぎ海軍をつくり、外敵《がいてき》と戦えるようにしないと、おびやかされる日がくる」

と、国を憂《うれ》えて提言《ていげん》してきたのに、幕府は何もしてこなかった。

「こういう事態《じたい》は、それがしが、早くから申しあげておいたとおりである」

「軍艦をつくれというても、さようなことは、財政《ざいせい》がゆるしませぬでな」

新しい事態に、幕府はとりあえず沿岸《えんがん》の守備《しゅび》を各藩《かくはん》に命じた。

使ったことのない旧式《きゅうしき》の大砲を、大さわぎして海岸まで引っぱってきた藩もある。あわてて弾丸《だんがん》をつくったが、そんな大砲では、黒船まで、弾《たま》がとどきそうにない。

黒船を相手に、槍《やり》や刀をふりまわしてもあなどられるだけだ。ほとんどの藩は財政《ざいせい》赤字で、新しい

軍備《ぐんび》どころでなかったのだ。

「幕府《ばくふ》はどうするつもりだ。外国船を打《う》ち払《はら》うのか。降参《こうさん》して外国のいいなりになるのか」

鎖国《さこく》か、開国か。幕府は、重大な決断《けつだん》に迫《せま》られていた。

3　幕府に召《め》された日

幕府老中の首座《しゅざ》といえば、いまなら総理《そうり》大臣にあたる。その任《にん》にある阿部伊勢守正弘《あべいせのかみまさひろ》は、国外の状況《じょうきょう》を知るにつれ、もはや鎖国《さこく》の時代でない気がしてきた。それに、アメリカとの戦争はぜったいにさけたい。

開国するとなれば、アメリカとの交際《こうさい》がはじまり、いろいろ交渉《こうしょう》もするだろう。アメリカについて知っていないと相手にできない。阿部が、ただしい海外知識《ちしき》をもちたい、と考えたとき、長崎奉行《ながさきぶぎょう》からきていた万次郎《まんじろう》についての報告書《ほうこくしょ》を思いだした。

「万次郎は、すこぶる怜悧《れいり》にして、国家の用となるべき者なり」とあった。学者からも、「万次郎を呼びよせ、外交に役だたせるよう」と、すすめられた。

「さよう。ひとつ、その男に会うてみるか」

阿部老中は、万次郎をいそいで江戸《えど》へよびよせるよう、土佐屋敷《とさやしき》の留守居役《るすいやく》に命じた。黒船がいったん引きあげてから、わずか七日後である。土佐藩《とさはん》のさむらいどもは、「老中に呼ばれるとは、万次郎は、そんなにえらいのか」と、びっくりした。

幕府の文書には、「心配の儀《ぎ》はこれなく」安心してくるように書かれていた。

とはいえ、大名にも命令できる老中首座《ろうじゅうしゅざ》のお召《めし》である。幾度《いくど》も危機《きき》をのりこえてきた万次郎《まんじろう》でさえ、やはり緊張《きんちょう》する。

――幕府に意見をぶつける、それができるかもしれない。「日本を開港させる」ための機会にしたいものだ。聞かれれば、鎖国政策《さこくせいさく》は誤《あやま》りだったと、考えていたことをいう。それで幕府をおこらせれば、首がとぶかもしれない。

――外国からきらわれたままでは、攻《せ》められる心配が抜《ぬ》けない。攻められれば日本はひとたまりもない。日本を守るために、いま、それがいえるのは、わたしひとりだ。

――それだけでない。いまのままでは、世界の進歩にとりのこされる。諸外国《しょがいこく》と交流すれば、日本だってめざましく発展《はってん》していけるはずだ。

――そのために、小さないのちを犠牲《ぎせい》にしても、勇気をもって開国を主張《しゅちょう》してこよう。

万次郎は腹《はら》をかためた。日本語が正しく話せないと、正しい意見もつたわらない。万次郎は、帰《き》郷《きょう》してからの数か月、わずかな時間もおしんで、日本語の読み書きに懸命《けんめい》にとりくみ、土佐の武士《ぶし》のしきたりや、礼儀作法《れいぎさほう》もおそわっていた。

アメリカ船員の英語はひどく乱暴《らんぼう》だ。万次郎はアカデミーで、正確《せいかく》な英語を学んだから、よく分かっている。日本でも、土佐の漁村ことばとちがう正しい日本語を知りたかった。それで河田小龍《かわだしょうりゅう》を先生にして、文章の書き方などから猛勉強《もうべんきょう》してきた。

河田《かわだ》は画家でも、土佐《とさ》では一流の学者であった。万次郎《まんじろう》の気もちをさっして、まず文章の書き方、手紙の書き方から指導《しどう》してくれていたところである。

八月一日、土佐をたった万次郎は、三〇日に江戸《えど》につく。土佐の藩邸《はんてい》では、万次郎に万一のことがないよう、警護《けいご》をきびしくかためた。

万次郎が阿部《あべ》老中《ろうじゅう》に招《まね》かれた席には、勘定奉行《かんじょうぶぎょう》の川路左衛門尉聖謨《かわじさえもんのじょうとしあきら》と勘定吟味役《かんじょうぎんみやく》の江川太郎左衛門英龍《えがわたろうざえもんひでたつ》も同席していた。阿部は、貴族的《きぞくてき》なふくよかな顔だちだが、江川は、きびしくいかめしい表情《ひょうじょう》をみせた。

万次郎は、このような幕府《ばくふ》の高官たちと、とても面会すらできる身分ではない。しかし、日本にとって一大事のこの時点で、日本でただひとり、緊急《きんきゅう》に必要なアメリカ知識《ちしき》の持ち主として、とくに貴重《きちょう》な人物であった。

——わが生涯《しょうがい》で、もっともたいせつな時機がきた。この幸運を活《い》かせ。万次郎、おまえは日本を救える勇者ではないか。

万次郎は自分を励《はげ》ますと、いかにえらい相手でも臆《おく》せず、思うとおりに発言ができた。

「アメリカがいま求めているのは、開港でございます。捕鯨船《ほげいせん》などは、母港をでると三年ほどは戻りませぬ。その航海中によその国の港で、水や食料、燃料《ねんりょう》を買います。日本の港でも買えるようになったら、大いに助《たす》かります」

「それと、遭難《そうなん》し漂流《ひょうりゅう》した者に、手厚《てあつ》い救助を施《ほどこ》すことであります。アメリカ船が漂流したときの日本の対応《たいおう》が、あまりにひど過ぎました。あちらの国では、国交のない国の者であっても、難儀《なんぎ》のときはいたわり、あわれむ気質《きしつ》がございます」

「開国することは、人間どうしの思いやり、人道上の助け合いを、国と国が、互《たが》いに心がけることでございます。こうして仲よくいたせば、戦争の心配はございませぬ。モリソン号のように、大砲《たいほう》を撃《う》って追いはらうとか、漂流者を罪人《ざいにん》あつかいにいたしておりますと、外国の船乗りたちは、『日本はひどい野蛮《やばん》な国だ。あんな国はやっつけてしまえ』とまで申しております。鎖国《さこく》のままでは、日本は世界中から嫌《きら》われますし、戦争をやっても開国させようと、そのうち外国から攻《せ》められ、無益《むえき》な戦いとなる危険《きけん》がございます」

「開国し、アメリカや世界の国ぐにと友好的になりますれば、それぞれのよいところを学びあえて、日本もめざましい発展《はってん》が期待でき、双方《そうほう》のため、きわめて有益《ゆうえき》と存《ぞん》じます」

三人の眼《め》は、万次郎《まんじろう》の顔から微塵《みじん》も動かず、じっと耳をかたむけていたが、万次郎の誠実《せいじつ》で真剣《しんけん》な話し方は、阿部《あべ》、川路《かわじ》、江川《えがわ》らの胸《むね》のなかの、何かをつき動かしていた。

「アメリカでは、国内に人種による差別がございますが、差別をなくそうとする意見が近年つよまっております。それで奴隷《どれい》をつかう人たちと、国内で大きな争いがあります。したがいまして、いまは他国と戦争する余裕《よゆう》も、その気もございませぬ」

前から考えていたことを、まずは話せた。そして、聞いてもらえた手ごたえを感じた。よろこびなのか、感動なのか、自分のことばに、胸《むね》のふるえる思いであった。

その後も、阿部《あべ》、江川《えがわ》、川路《かわじ》は、しばしば万次郎《まんじろう》から話を聞いた。この三人は幕府《ばくふ》のなかでも、開国についての万次郎の意見に納得《なっとく》したようであった。

――日本の未来があかるく輝《かがや》きそうだ。アメリカのように自由で、身分のない、すすんだ国の制度《せいど》を、日本で参考にしてもらえるなら、いのちと引《ひ》き換《か》えになろうと、わたしはいいたい。わたしがいわねば、知らない人にはいえないのだから。

万次郎の胆力《たんりょく》が、さらにためされた。

「アメリカに国主はおりませぬ。四年毎《ごと》に大統領《だいとうりょう》を人民の入れ札（選挙）によってきめます。多くの人によって、りっぱな人がえらばれて、国の政治《せいじ》をおこなう責任者《せきにんしゃ》になる。そういう制度になっております」

「アメリカでは、民百姓《たみひゃくしょう》たりとも学問して、能力《のうりょく》ある者は、国の大事な役にもちいておりまする。実力を重んじます。身分のちがいはござりませぬ」

それには、幕府の高官たちも息をのんだ。日本では考えもつかないことだ。鹿児島《かごしま》では島津斉彬《しまづなりあきら》に、「それを言うといのちにかかわる」と忠告《ちゅうこく》されていた。

江川は大きな目をぐりぐりさせたが、阿部はけわしい眼《め》になって表情《ひょうじょう》を動かさない。

それから間もない一一月五日、万次郎は幕府に直接《ちょくせつ》つかえる幕臣《ばくしん》にされた。お切米二〇俵《ぴょう》（年三回に分けて支給《しきゅう》、一俵は約七二リットル）と、二人扶持《ににんぶち》（一日に米一升《しょう》支給）の待遇《たいぐう》である。幕臣としては

下っぱでも、夢《ゆめ》のような出世となった。しかし、このとき幕府内では、

「漁師《りょうし》のくせに、アメリカはよくて、日本を悪くいう。けしからん奴《やつ》だ」

一日本の政治《せいじ》や身分制度を変えようとする、とんでもない考えをもっとる。危険《きけん》な奴め」と、多くの反発があった。それでも、海外生活の体験者として、日本でただひとり国際知識《こくさいちしき》をもち、英語がわかる貴重《きちょう》な人物だったので、幕府に反対する疑《うたが》いを半分はかけながら、幕府は手もとにおきたかったのだろう。万次郎《まんじろう》はむずかしい立場におかされた。

万次郎が江戸《えど》に呼ばれたと知ったとき、おかやんは、よくない想像《そうぞう》ばかりしていた。

「万次郎は、まっこと運のわるい子じゃ。やっぱりアメリカへいっちょったことが、厄《わざわ》いのもとじゃけん。……死罪《しざい》にでもならにゃえいがのう」

万次郎は、そういう母を安心させようと、幕府に仕えるようになったこと、待遇《たいぐう》もずっとよくなったことを手紙に書き、米一俵《ぴょう》と金一両をおくった。その手紙文を見れば、日本語の読み書き漢字を、わずかな間に、もうれつに勉強したことがわかる。

八　開国（一八五四～五七年）

1　日米交渉《こうしょう》のはじまり

江川英龍《えがわひでたつ》は、代々が江川太郎左衛門《えがわたろうざえもん》を名のり、伊豆《いず》のみでなく、関東から甲斐《かい》、駿河《するが》にある将軍《しょうぐん》の領地《りょうち》のうち、七万石から、ときには一二万石を支配《しはい》する代官であった。

オランダ語を学んでいて、当時としては西洋通で、「このままでは、日本は外国に攻め滅《せほろ》ぼされる」と感じて、日本の将来《しょうらい》と、外敵《がいてき》からの国防《こくぼう》を真剣《しんけん》に考えていた。

そこに、万次郎《まんじろう》がもたらした海外の情報《じょうほう》に、江川は強烈《きょうれつ》で新鮮《しんせん》な印象を受けた。

「万次郎は、いまの日本で一番に必要な男だ。この男の知識《ちしき》や能力《のうりょく》を、ぜひ活《い》かしたい」

江川は幕府《ばくふ》の命をうけて、蒸気船《じょうきせん》の建造《けんぞう》にかかろうとしていたので、自分の手代（助手）になってほしいと、幕府の許可《きょか》を得て、万次郎を呼びよせた。

「ここにきて、翻訳《ほんやく》や、相談にのってほしいのだが」

そういわれて万次郎は、本所南割下水《ほんじょみなみわりげすい》（現《げん》・墨田区亀沢《すみだくかめさわ》）の江川屋敷《やしき》内の別棟に住むことになる。

「出身地の名をとって、中浜《なかはま》と姓《せい》を名のったらよい」とすすめたのも江川である。

江川《えがわ》は、長崎《ながさき》奉行所《ぶぎょうしょ》に没収《ぼっしゅう》された万次郎《まんじろう》の書籍《しょせき》や持ち物を、さっさと返還《へんかん》させたから万次郎は敬《けい》服《ふく》した。測量器《そくりょうき》にしろ、書籍にしろ、今後の活動に貴重《きちょう》なものばかりだ。

――さすが江川大明神《だいみょうじん》。文書一通で、大事な品々が返ってきた。江川さんはすごい。

江川太郎左衛門英龍《えがわたろうざえもんひでたつ》 当時、日本にある大砲《たいほう》は旧式《きゅうしき》で、もはや使い物にならない。江川は、日本の国防を憂《うれ》え、長崎《ながさき》で西洋砲術《ほうじゅつ》を高島秋帆《たかしましゅうはん》に学び、任地《にんち》の韮山《にらやま》で「高島流西洋砲術教授《きょうじゅ》」の看板《かんばん》をかかげた。門人四千人という。洋式の大砲を鋳造《ちゅうぞう》することから学ばせた。

当時は、西洋の強国が世界じゅうのほとんどを征服《せいふく》して、植民地にしていた。アジアで残ったのは清《しん》(中国)と日本ぐらいで、アヘン戦争で清に勝ったイギリス東洋艦隊《かんたい》が、ロシアより先に、一気に日本を攻《せ》める勢《いきお》いを示《しめ》し、フランス艦隊と共同してくる危機感《ききかん》を江川はもった。

「日本も、世界の海で活躍《かつやく》する大船を造《つく》り、世界の国と交流しないと、世界からとり残される。また、外敵《がいてき》に攻められたとき、軍艦《ぐんかん》がないと海上で戦えず、上陸を許《ゆる》してしまう。国を守《まも》るには海軍が必要だ」と主張《しゅちょう》してきたが、それらがなかなか幕府に理解《りかい》されなかった。

それでも、西洋の大砲や銃を研究し、改良したものの製造にもとりくんだ。

また悪徳《あくとく》代官が多いなかで、農業の振興《しんこう》、租税《そぜい》の徴収《ちょうしゅう》、疫病対策《えきびょうたいさく》、国防問題など、末端《まったん》の領民《りょうみん》を守る立場で代官職《しょく》をつとめたので、領民からは「江川大明神」の幟《のぼり》を立てられあがめられていた。

ある日、江川は、大きな目玉をぐりぐりさせて、知らせにきた。

「よう、中万さんよ。幕府は、二五〇年あまりつづいた鎖国《さこく》からぬけて、とうとう開国することをきめた。まずはアメリカと交わりをむすぶ。まったくあんたのおかげだ」

江川《えがわ》は、豪傑風《ごうけつふう》のいかつい風貌《ふうぼう》だが、万次郎《まんじろう》は彼《かれ》の誠実《せいじつ》さ、やさしさにほれこんでいた。

「わたしの力というより、当然そうなる時勢《じせい》ですよ」

日本は、ついに世界に向けて開国する。それには、万次郎が自身の体験から、外国が日本をどう思っているか、事実にもとづいて伝えたことを、江川は、その説得力をみとめ、開国の貢献者《こうけんしゃ》だとみていた。

ペリーが返答をもらいに来たとき、江川は、ほとばしるような勢《いきお》いでいった。

「中万さんよ。わしは幕府《ばくふ》から交渉役《こうしょうやく》を命じられた。ついては、あんたに通訳《つうやく》をやってもらいたい。なんといっても日本では、アメリカと話せるのは、あんたひとりだからな」

万次郎の通訳は、当然のつもりだったが、先代の水戸藩主《みとはんしゅ》である徳川斉昭《とくがわなりあき》が反対した。

「万次郎はアメリカのスパイだ。向こうに有利な通訳をするだろうから、やめさせよ」

ほかにも、「日本をアメリカのいいなりにしようとする万次郎は国賊《こくぞく》だ。通訳させるな」という者も、幕府内にはすくなくなかった。それで文書の翻訳《ほんやく》だけさせることにした。

日米会談の当日、江川がさだめられた時刻《じこく》に、神奈川《かながわ》の交渉の場にいくと、すでに会談は終わっていた。意図的に江川をぬきにしてすませてしまったのだ。

いったんは、もっとも適役《てきやく》だとして、江川に交渉役《こうしょうやく》をたのんだのに、幕府の有力者は、江川にも疑《うたが》いをかけ、だましたのだった。江川は、大いに憤慨《ふんがい》して江戸《えど》にもどった。

「国を代表する交渉役《こうしょうやく》に、江川《えがわ》では身分がひくい。まして漁師《りょうし》あがりに通訳《つうやく》をやらせられぬ」と、実力より身分だけで人の価値《かち》を決め、「こんな者に手柄《てがら》をとらせない」という連中も幕府《ばくふ》に巣くっていて、そうさせたようである。

根拠《こんきょ》のない悪口など気にしない。しかし万次郎《まんじろう》は、「日本は、こんな国だったのか」と悲しくなった。日本では身分をたてに、実力を封《ふう》じこめ、実力をださせないのだ。

――これでは進歩がない。こまった国だ。いつになったら日本は生まれ変わるだろう。

当日、交渉に当たったのは、漢学者の林大学頭《はやしだいがくのかみ》ほか四人で、漢学者の漢文を、通訳の森山栄之助《もりやまえいのすけ》が、日本文にしてオランダ語に訳す。それをアメリカの通訳が英文にした。

ところで、後にアメリカ総領事《そうりょうじ》になったハリスは、日本が公用語として用いたオランダ語の、あまりにひどい未熟《みじゅく》さを日記で嘆《なげ》いている。

日本の通訳は、「国際公法上《こくさいこうほうじょう》の熟語《じゅくご》を一切《いっさい》知らず」「文章で正確《せいかく》な意味が理解《りかい》できない。日本の原文を一字ごとにオランダ語に訳し、順序《じゅんじょ》も日本文のまま配列している。日本語とオランダ語の文法のちがいを無視《むし》している」と。

万次郎が通訳すれば、直接《ちょくせつ》に双方《そうほう》の意思がつうじたと思われる。国際公法での分からない点は、万次郎ならわかるまで問いただしたであろう。ことに「修好通商条約《しゅうこうつうしょうじょうやく》」のときは、不平等となる問題点に、気づいたはずと思われる。

さて、ペリーが去ったあとの日本は、幕府の開国方針《ほうしん》に対して、「日本は神の国だ。外国人が入ってくると国がけがれる。大砲《たいほう》で外国船を打ちはらえ」と主張《しゅちょう》する人たちが、はげしく反対した。これを「攘夷派《じょういは》」といい、この運動で国内は大揺《おおゆ》れにゆれつづけることになった。

2　日本近代化への情熱《じょうねつ》

庭から、桃《もも》の花の香《かお》りが流れてくる。日当りのよい部屋で、万次郎《まんじろう》は机《つくえ》にむかって、アメリカからもち帰った『ボーディッチの航海書』（一八四四年版《ばん》）の翻訳《ほんやく》にとりくんでいた。

アメリカでは、航海術《こうかいじゅつ》を学ぶ者は、かならずこの本を教科書にした。

日本の船乗りは、いままで沿岸《えんがん》しか航行できなかった。これからは、近代的な航海術を身につけ、世界の海を航行できるようにしたい。それには日本語で読める航海書が、どうしても必要だと、幕府《ばくふ》は、万次郎にこの本の翻訳を命じたのだった。

翻訳をはじめてみると、日本語にない航海用語が次つぎに出てくる。

「そうか、航海術をわからせるのに、日本語の航海用語を、新しくつくるのか」

そう気づいても、専門《せんもん》の日本語をつくりだすのは、たいへんな苦労である。

そんなとき、外から大声でやってきた人がいた。

「おい、中万さん。おるかい。……ああ、おったかい、よかった、よかった」

江川英龍《えがわひでたつ》だった。赤く汗《あせ》ばんだ顔で、ひどくうれしそうな表情《ひょうじょう》をつきだした。

「あ、江川先生、そのかっこうは、剣術《けんじゅつ》をされてたんですね」

「うん、ちょいと、団野《だんの》の道場で汗を流してきた。中万さん、じつはな、いい話をもってきた。嫁《よめ》をもらいなさい」

「えーっ、わたしは江戸《えど》にきて、まだ半年ですよ。仕事も何もかもはじめたばかり、しばらく、そっとしといてくださいよ。これでも、けっこう忙《いそが》しいんですから」

「いやいや、そっとしておれんのだ。こういうことは早いがいい。忙しければなおさらだよ。あんたの仕事をささえる女房《にょうぼう》が必要なはずだ。あんたにぴったりの相手がおったんだ。わしだってほれちまうすてきな娘《むすめ》だ。ぐずぐずしてたら、ほかの男にとられちまう。もう向こうの親には話してきた。どうだ、わしのすすめをききなさい」

その話の相手は、江川屋敷《やしき》の近くに道場をもつ剣豪《けんごう》、団野源之進《だんのげんのしん》の次女で「鉄《てつ》」といい、すこぶる活発で明るい人らしい。江川は、本人をひき合わすなどして、縁談《えんだん》をまとめてしまう。

こうして、嘉永《かえい》七年二月一二日（新・三月一〇日）、万次郎は結婚《けっこん》した。

万次郎は、にわか武士《ぶし》なのに、幕府《ばくふ》の上層部《じょうそうぶ》と交わることが多い。それに開国ときまっても、幕府内の多くは外国ぎらいがぬけていない。「万次郎はアメリカのまわし者だ」と、冷たい目にかこまれていて、とにかく心労がひどかった。

そういう夫を鉄《てつ》は心からうやまい、よくささえてくれた。

ところが、万次郎《まんじろう》が結婚《けっこん》した翌年、江川英龍《えがわひでたつ》に出あってわずか一年半の、安政《あんせい》二年一月一六日、英龍はとつぜん世を去った。

「えーっ、江川先生が亡《な》くなられたと……」

あまりに急な知らせであった。自宅《じたく》にはさまざまな人が英語を教わりにくる。その日も授業中《じゅぎょうちゅう》だった。万次郎は、自己《じこ》を失い、しばらくは何も考えられず、塾生《じゅくせい》を帰らせた。

万次郎にとって、江川は、よき理解者《りかい》であり、もっとも頼《たよ》るべき人物だったので、その衝撃《しょうげき》は大きく、しばらくの間、万次郎は気力をうしなっていた。

江川太郎左衛門《たろうざえもん》英龍、一代の英傑《えいけつ》であった。幕府《ばくふ》の役職《やくしょく》（勘定方吟味役《かんじょうがたぎんみやく》）も兼《か》ね、大名でないから、武士団《ぶしだん》の家来はいないのに「伊豆《いず》半島の防衛《ぼうえい》に当たれ」とか、「品川《しながわ》の海上砲台《ほうだい》（お台場）の建設《けんせつ》はまかせる」など、幾重《いくえ》にも仕事を命じられていた。

安政の大地震、大津波のとき、支配する住民の災害救助に当たりながら、折しも伊豆の下田に来ていたロシア使節一行の船が失われたので、代わりの船の建造にもつとめた。

そうでなくても、広い任地《にんち》の韮山《にらやま》と江戸《えど》とのはげしい往来《おうらい》をよぎなくされて、あまりにも無理をさせ、日本は惜《お》しい人材を失くした。

江川は清純《せいじゅん》で有能《ゆうのう》な愛国者だ。支配地《しはいち》では慈愛《じあい》にみちた民政《みんせい》をおこなった。外敵《がいてき》が攻《せ》めてきた場合にそなえ、海軍の必要、農民軍を組織《そしき》すべきだとか、発想が未知への挑戦《ちょうせん》であったため、なかなか理解されなかった。代官としての給与《きゅうよ》は、わずか一五〇俵《ぴょう》という。

江川のとりくんだ木造蒸気船《もくぞうじょうきせん》「千代田丸《ちよだまる》」（一三八トン）は、日本人が建造《けんぞう》した軍艦《ぐんかん》第一号である。万次郎はその建造を、学術的《がくじゅつてき》な面で手伝い、江川の死の一年前に完成させた。この事業によって、関係者の多くが近代的造船《ぞうせん》を実地に学び、これからの発展《はってん》に結びつけている。

（「千代田丸《ちよだまる》」は蒸気船《じょうきせん》なので、風がなくても走れるが、石炭を大量に消費する欠陥《けっかん》があった。）

英龍《ひでたつ》の死後に、幕府《ばくふ》もやっと、それまでの彼《かれ》の業績《ぎょうせき》の偉大《いだい》さに気づき、その功績《こうせき》に報《むく》いてなかったと悔《く》いて、後継者《こうけいしゃ》の秀敏《ひでとし》に、芝《しば》の広大な海浜《かいひん》の土地をあたえた。

ここに小銃《しょうじゅう》や大砲《たいほう》の練習場と、あたらしい江川屋敷《やしき》をたてている（現《げん》・JR浜松町《はままつちょう》駅に近い）。

それにつれ安政《あんせい》四年春、中浜《なかはま》家も江川家とともに移転《いてん》した。

同年四月、築地《つきじ》の幕府「講武所《こうぶしょ》」に軍艦教授所《ぐんかんきょうじゅしょ》がおかれると、万次郎《まんじろう》は、八名の教授のひとりに任命《にんめい》され、勝麟太郎《かつりんたろう》（海舟《かいしゅう》）のもとで、各藩《かくはん》からきた学生に航海術《こうかいじゅつ》をおしえた。のちに教授所は独立して軍艦操練所《そうれんしょ》となる。

この安政四（一八五七）年は、まだまだ、いろいろなことが重なった。

六月に、『ボーディッチの航海書』の翻訳《ほんやく》『亜美理加合衆国《アメリカがっしゅうこく》航海学書』が完成した。日本での英語の翻訳書第一号である。

全巻《ぜんかん》を訳すと、あまりにも年月がかかるので、「航海が自在《じざい》にでき、簡便《かんべん》ですぐ役立つ実用書」と性格《せいかく》づけ、実用的な部分を翻訳したので縮刷版《しゅくさつばん》ではない。

この本は、とりあえず二〇部を筆書した。幕府に付属品《ふぞくひん》を添《そ》えて献本《けんぽん》したほかは、航海をめざす者、軍艦操練所《ぐんかんそうれんしょ》でも活用され、めざましい速度で発達した日本の航海術《こうかいじゅつ》の基礎《きそ》となった。

その年の七月、長男東一郎《とういちろう》が誕生《たんじょう》する。中ノ浜に帰郷《ききょう》して、母にも会いにいっている。

英語を学びにくるものは、日々にふえ『中浜塾《なかはまじゅく》』といわれるようになった。

それまで日本では、西洋の学問はオランダ語だけだったが、世界の共通語は英語なので、開国後は、外交、貿易《ぼうえき》、交流の関係者は、いそいで英語の習得につとめなくてはならなかった。しかし、ただしく英語をおしえられるのは、そのとき、万次郎《まんじろう》ただひとりだった。

万次郎に英語を学び、名をなした人に、大鳥圭介《おおとりけいすけ》、箕作貞次郎《みつくりさだじろう》、根津欽次郎《ねづきんじろう》、細川潤次郎《ほそかわじゅんじろう》、榎本《えのもと》武揚《たけあき》、大山巌《おおやまいわお》、福沢諭吉《ふくざわゆきち》、岩崎弥太郎《いわさきやたろう》、西周《にしあまね》などがいる。

なお数学や航海術《こうかいじゅつ》などの個人教授《こじんきょうじゅ》もした。

岩崎弥太郎（三菱財団始祖《みつびしざいだんしそ》）、森村市左衛門《もりむらいちざえもん》（森村商事創始者《そうししゃ》）らは、万次郎に「これからの日本は、海外に目をむけなければ」といわれて、日米貿易の事業にかかわるようになった。

ところで、英語を学びたい人が増《ふ》えても辞書がない。万次郎は、とり急ぎ『英米対話捷径《しょうけい》』という本を著《あらわ》した。「早わかり英会話」の第一号で、木版《もくはん》印刷だった。英会話文に、カタカナの読み方、ひらがなの日本訳《やく》をつけたもので、正確《せいかく》な発音に近いカタカナ表現《ひょうげん》に苦心している。

外人居留《きょりゅう》地ができ、使節団《しせつだん》の渡米《とべい》もあり、そういう時期のベストセラーとなった。

なお、万次郎がアメリカから持ち帰った英語の文法書は、幕府《ばくふ》の洋書調所が英文のまま復刻版《ふっこくばん》を出した。それは英文法の参考書となって、日本の英語学習の基礎《きそ》となっている。

万次郎《まんじろう》の忙《いそが》しさはまだある。ペリーの来航後、大型船、洋式船の建造《けんぞう》が許《ゆる》されたので、おおくの藩《はん》で新型の造船《ぞうせん》をはじめたため、助言を求めにくる人があとを絶たなかった。

3 捕鯨《ほげい》への執心《しゅうしん》

日本に近い西太平洋は、アメリカ捕鯨の漁場なのに、日本は海洋資源《かいようしげん》に関心がない。

万次郎は、「近代捕鯨をさかんにすれば、日本の利益《りえき》になるし、船員の養成もすすむ」と川路聖謨《かわじとしあきら》に進言したら、「まず、箱館《はこだて》（現・函館）で事業をおこしてみるか」となった。それで現地《げんち》の船大工が、難破《なんぱ》した捕鯨船《ほげいせん》をモデルに「箱館丸」（六四トン）を建造した。

万次郎は、箱館へ捕鯨の指導《しどう》にいってみると（安政《あんせい》四年一〇月）、船が小さくて、太平洋のきびしい風波に耐《た》えられそうにない。

「新造船にこだわらず、捕鯨設備《せつび》の整った外国船を購入《こうにゅう》する方が、安全性《あんぜんせい》、効率性《こうりつせい》によい」と意見をだしたが、アメリカ船購入は値段《ねだん》が高すぎたので、幕府《ばくふ》はあきらめてしまった。

つづいて安政六年「クジラ漁御用《ごよう》」を命じられ、幕府が所有する「君沢型壱番《きみざわがたいちばん》スクーナー」（六七トン）の船長として、三月に捕鯨航海に出たが、途中《とちゅう》で嵐《あらし》にあい、帆柱《ほばしら》一本を切り倒《たお》し、かろうじて転覆《てんぷく》を免《まぬが》れたが、捕鯨はできずに下田《しもだ》に帰港した。

スクーナーとは、二本以上のマストをもつ縦帆《たてほ》の帆船《はんせん》で、風向きの変化に対応《たいおう》しやすく、軽快《けいかい》に走る。沿海《えんかい》での輸送《ゆそう》には重宝《ちょうほう》だが、大洋での捕鯨にこのクラスでは無理があった。

当時の日本では、「千代田丸《ちよだまる》」（前述《ぜんじゅつ》）が最大で、造船設備《ぞうせんせつび》、技術《ぎじゅつ》、諸条件《しょじょうけん》からして、これが限界《げんかい》のようである。六〇トン級が大型船として、地方で造《つく》れるようになっただけでも、めざましい進歩といえるが、万次郎《まんじろう》が求める三〇〇トン級にはとても及《およ》ばない。

万次郎は、その後アメリカへの使節団《しせつだん》に加わることになったので、捕鯨《ほげい》事業は中絶《ちゅうぜつ》した。

君沢型《きみざわがた》スクーナー　ロシアの軍艦《ぐんかん》ディアナ号（二千トン）が遭難《そうなん》、帰国する船を、ロシアの船図面を参考にロシア士官たちが設計図《せっけいず》を作成、伊豆《いず》君沢の船大工たちが、江川英龍《えがわひでたつ》の指揮《しき》のもと、ヘダ号（一〇〇トン）を建造《けんぞう》した。幕府《ばくふ》は、同型でやや小型にした船を六隻《せき》、君沢の船大工に造らせたのが君沢型スクーナーである。君沢の船大工は、その後も江戸《えど》に呼ばれて造船している。

このように、西洋の知識《ちしき》・技術などを、いそいで日本の進歩に役だてようとした時期に、その知識をもつ万次郎は、体がいくつあってもたりなかった。

しかし一方では、万次郎がつたえるアメリカの文明、社会制度《せいど》などは、武士《ぶし》たちには理解《りかい》されにくく、「謀反《むほん》をそそのかすやつ」「危険《きけん》思想だ」「日本をアメリカに売り渡《わた》す売国奴《ばいこくど》」などと責《せ》められ、たえず監視《かんし》されていた。

九　咸臨丸《かんりんまる》（一八六〇～六二年）

1　嵐《あらし》とたたかう

正月がちかいある日、万次郎《まんじろう》は軍艦奉行《ぐんかんぶぎょう》の木村摂津守喜毅《きむらせっつのかみよしたけ》によばれた。そこに勝麟太郎《かつりんたろう》もきていた。

「日本は、アメリカと修好通商条約《しゅうこうつうしょうじょうやく》をむすんだが、条約が効力《こうりょく》をもつために、国と国が条約を確認《かくにん》したとする批准書《ひじゅんしょ》をとり交《か》わす必要がある。それにより、アメリカ行き使節団《しせつだん》を、幕府《ばくふ》が派遣《はけん》することとあいなった」

木村は、旗本のお手本のような、端正《たんせい》な話し方をする。

「勝の提案《ていあん》であるが、使節団とは別に、日本海軍が遠洋航海の実習を兼《か》ね、軍艦で使節の船を護衛《ごえい》するため渡米《とべい》することにあい決まった。その指揮官《しきかん》は勝がつとめる。ついては中浜《なかはま》万次郎、その方は、英語が話せる者がほかにおらぬゆえ、通詞《つうじ》（通訳《つうやく》）として参加してもらいたい。よろしいかな」

正使の使節団は、アメリカの軍艦ポーハタン号で行く。勝や万次郎は、別に日本の軍艦で、日本人による初の太平洋横断《おうだん》をしようというのだ。当時としては大冒険《だいぼうけん》であった。

木村は「総督《そうとく》」として、その軍艦《ぐんかん》に乗《の》り込《こ》む。使節の正使に万一のことがあった場合には、代理をつとめる「副使」の役も受けていた。

木村は、格式《かくしき》のある旗本で、当時は海軍の最高司令官であり、幕府《ばくふ》海軍を生み育てた長崎伝習所《ながさきでんしゅうじょ》の取締役《とりしまりやく》をつとめたときには、近海での実習にも参加している。勝麟太郎《かつりんたろう》は、

「土佐万《とさまん》よ、おれたちの腕《うで》の見せどころさ。なあ、太平洋なんかひと跨《また》ぎじゃねえか」

と、いったが、木村は、幕府海軍の力量に不安を感じていた。それで、アメリカの海軍大尉《たいい》ジョン・マーサー・ブルックに、「案内役」をお願いしたところ、アメリカ側は、航行中に必要があれば援助《えんじょ》できるよう、水兵一〇人を加えてくれたほどの協力ぶりだった。

しかも木村は、通訳《つうやく》とはいえ、万次郎《まんじろう》が地球を二周した航海経験《けいけん》もあてにしていた。

指揮官《しきかん》の勝は、ブルックの乗船について、事前に面会して打ちあわせもし、この人ならと、人柄《ひとがら》をみとめていた。しかし、日本の士官たちのつよい反発にあった。

「日本人だけの力で、はじめて太平洋の横断《おうだん》を決行するのだ。おれたちでも軍艦を乗りこなせるのに、なにもアメリカ軍の力を借りることなどない」

勝も、自分が責任者《せきにんしゃ》となってみると、航海の実習は、日本の近海で短距離《たんきょり》おこなったぐらいで、心の中では多少の不安があったが、外国人ぎらいの士官たちには、

「彼《かれ》らの乗ってきた船が破損《はそん》したので、この船でアメリカに送ってやるのだ」

といってなだめた。たしかにブルックが艦長《かんちょう》をしていた測量船《そくりょうせん》が難破《なんぱ》し、帰国する船をもとめてい

たのは事実だ。しかし、咸臨丸《かんりんまる》の航行について、口出しも、手出しもさせないと思いこませたのが、あとで海上でのえらいトラブルのもとをつくった。

咸臨丸は一八六〇年二月一〇日（安政《あんせい》七年一月一九日）、午後二時、浦賀《うらが》を出港した。

全長五〇メートル余《よ》、小型の軍艦《ぐんかん》で三本マスト、大砲《たいほう》一二門、蒸気機関《じょうききかん》はわずか一〇〇馬力、速力は六ノット（時速約一一キロメートル）。いかにも力のよわい軍艦だった。この船が蒸気機関を燃《も》やすのは、港の出入りだけ、航海中は帆《ほ》に風をうけて走る船になる。

ところが、出港して間もなく大嵐《おおあらし》にみまわれ、それが幾日《いくにち》もつづいた。

海の浅いオランダで造船された咸臨丸は、船の水面下（喫水《きっすい》）が浅く、船体が三七、八度もかたむくことさえあった。横ゆれがはげしい。眼《め》の前に一五メートルもの大波に立ちふさがられ、甲板《かんぱん》はながれる波に洗《あら》われる。

はじめて外洋にでた日本人のほとんどは、あわてふためき、船よい吐《は》き気《け》で、もだえ苦しみ、恐怖《きょうふ》のどん底におちいってしまった。赤松大三郎《あかまつだいさぶろう》は日記（亜墨利加《アメリカ》行航海記）に記した。

「米国の測量船長《そくりょうせんちょう》ブルークに、監督《かんとく》かたがた咸臨丸に乗り組んでもらう話があったとき、日本の海軍士官は承知《しょうち》しない。…〈中略《ちゅうりゃく》〉…便乗者として乗せていった。ところが大洋中へ乗りだしてみると、暴風《ぼうふう》やら大浪《おおなみ》やらのために、日本の水夫は弱ってしまい、ついに『行くのは嫌《いや》だ』『日本に帰りたい』などと言い出し、まるでコロンブスのアメリカ発見の話にでもあるような騒《さわ》ぎになりそうであった」

そんな状況下《じょうきょうか》なのに、指揮官《しきかん》の勝《かつ》は何もできず、船よいで部屋にとじこもっていた。総督《そうとく》の木村《きむら》は困《こま》りぬいて、勝にすすめた。

「このままでは危《あぶ》ない。船の指揮を中浜《なかはま》とブルックにまかせたらどうだ」

ところが、「どうにでもしてくださいよ」との投げやりな返事には、温厚《おんこう》な木村も怒《おこ》った。

「指揮官のくせに、ふて寝《ね》しておるとはなんだ」

すると勝は甲板《かんぱん》に出て、大荒《おおあ》れの太平洋のまんなかで、

「ボートを降《お》ろせ。おれは日本に帰る」と、水夫たちに命令して困らせたりした。

勝の日記によると、「病でひどく苦しんだ」らしい。

四艘《そう》のハシケのうち二艘は波にとられ、飯も炊《た》けず、乗員は干飯《ほしいい》を立ったまま食べ、部屋にはいる海水をポンプでかいだすのに追われ、ぬれた衣服で寝るような状況《じょうきょう》だった。

そういう事態《じたい》に、ブルックがアドバイスすると、

「アメリカ人の指図《さしず》など受けるものか」と日本の士官たちは、険悪《けんあく》な態度《たいど》をしめした。ブルックたちが同乗した経過《けいか》を、正しく聞いていないから感情的《かんじょうてき》に反発する。そのたびに万次郎《まんじろう》が間にはいって説明したり、なだめたりで、並《な》みたいていの苦労ではない。

それに対して、「きさまは、アメリカの味方か」と、万次郎のいのちが危《あぶ》ないほどだった。ブルックにしてみれば、勝と面談までして、友好的に協力するつもりで乗船したのに、太平洋のまったただなかで、危機《きき》におちいった船を救おうにも、反目《はんもく》されてはたまらない。温厚な人なのにこのと

きばかりは不愉快《ふゆかい》きわまりないといった様子であった。
彼《かれ》は、万次郎《まんじろう》との会話を日記に書いている。（新・一月二九日）

「わたしは万次郎に、『もしわたしが部下を当直からはずし、船の仕事を拒否《きょひ》したら、総督《そうとく》はどうするだろう』と聞いてみた。『船は沈《しず》んでしまうでしょうよ』と彼はこたえた。そして万次郎は、『そんなことで死ぬのは惜《お》しい』といった」

2 波乱《はらん》の業績《ぎょうせき》

万次郎は、海軍士官なので、日本人水夫に「マストにのぼって帆《ほ》をたたむよう」命じたが、水夫はおびえてしまってやらない。そればかりか、

「漁師《りょうし》の分際《ぶんざい》に、命令されてたまるか」「きさまを帆桁《ほげた》につるしてやる」

とおどかし、海にたたきこみそうな反感をむきだした。

それで万次郎は、台風の吹《ふ》きすさぶなか、するするとマストにのぼって、自分で作業をしたから、水夫たちは目をまるくした。アメリカの水兵たちも、そんな作業はあたり前のようにやってくれた。

斎藤留蔵《さいとうとめぞう》の日誌《にっし》（『亜行《あぎょう》新書』二月一日）によると、

日本人は、「互《たがい》に狼狽《ろうばい》し、この時に当たって、帆布《はんぷ》を縮長上下するなどは、一切《いっさい》に亜人（アメリカ人）の助力をうける」「彼らは、ひとりも恐怖《きょうふ》をいだく者なく、ほとんど平常《へいじょう》に異《こと》なることなく、

さまざまな働きをなす。これに継《つ》ぐ者は、わが士人にては、わずかに中浜《なかはま》氏、小野《おの》氏、浜口《はまぐち》氏三人のみ」

こんな嵐《あらし》の夜の万次郎《まんじろう》を、ブルックは書いている。（新・二月一四日）

「……万次郎は一晩《ばん》じゅう起きていた。夜中に彼《かれ》がスミスと話をしたり、歌までうたって、昔の生活を思い出して楽しんでいるのを見てわたしは驚《おどろ》いた」

嵐にあえば、かえって昔をなつかしみ、歌までうたうほどの余裕《よゆう》すらあったようだ。

しかし危機《きき》を救いたくても、指揮《しき》する権限《けんげん》がないふたりには、どうすることもできない。

咸臨丸《かんりんまる》は、嵐のためにおくれ、予定日のサンフランシスコ着もおぼつかなくなった。

「航海上のことをすべて任《まか》せるならば、予定どおりに無事着港できるよう引きうける」

と万次郎がいったので、勝《かつ》は、やっと万次郎に一任《いちにん》した。

そこで、万次郎が事実上の艦長《かんちょう》となる。

万次郎は操船《そうせん》をブルックにたのんだ。ブルックは、風むきや、波のうねりにおうじて舵《かじ》をとり、部下の水兵たちは、暗闇《くらやみ》の荒海《あらうみ》でも、マストにのぼったりして咸臨丸の危機をすくってくれた。ブルックは日記（新・二月一七日）にこう記している。

「私《わたし》は、羅針盤《らしんばん》を水夫と士官たちに監視《かんし》させるように提案《ていあん》した。しかし意外にも、尉官《いかん》の位をもった士官のうち六人が、その専門《せんもん》にたいして、まったく知識《ちしき》をもっていなかった」

まさかと思ったほど、日本の士官たちの知識・技術《ぎじゅつ》は未熟《みじゅく》であったらしい。

咸臨丸《かんりんまる》の太平洋横断《おうだん》は、事前の木村《きむら》の危惧《きぐ》による人材配置のおかげで失敗をまぬがれた。何よりブルックとアメリカ水兵たち、万次郎《まんじろう》の功績《こうせき》だったが、万次郎もブルックも、非常《ひじょう》に奥《おく》ゆかしい性格《せいかく》で、自分がやったと口にする人ではない。

このような航海だったが、測量《そくりょう》をひきうけた小野友五郎《おのともごろう》は、ブルックをおどろかせるほどの正確《せいかく》さで測量をやってのけたという。

万次郎は、サンフランシスコでブルックに手紙を書いたが、勝《かつ》に礼状《れいじょう》の英訳《えいやく》をたのまれた。

勝は、「……この成功は、ひとえにあなたのおかげです」など、感謝《かんしゃ》の意を表している。

ブルックの日記　「万次郎は、わたしが今まで会った人のうちで、もっともすぐれた人物である。彼は、冒険心《ぼうけんしん》にとんだ男で、わたしは彼の生涯《しょうがい》のおもなできごとを直接《ちょくせつ》聞き出したい。わたしには、万次郎が誰《だれ》よりも日本の開国に貢献《こうけん》した人物であるように感じとられた」

ブルックの日記には、日本海軍の不慣《ふな》れで、訓練不足のようすが書かれているが、生前には発表されず、一〇〇年たった一九六一（昭和三六）年、彼の孫の提供《ていきょう》により、『万延元年遣米使節資料集成《まんえんがんねんけんべいしせつしりょうしゅうせい》』に載《の》せられた。万次郎が咸臨丸で果たした役割《やくわり》は、ここではじめて明るみに出たのである。

3　アメリカ、ハワイ訪問《ほうもん》

万次郎が勝に約束した三月一七日（二月二六日）、サンフランシスコの陸地が見えると、嵐で苦しめられた咸臨丸《かんりんまる》の乗組員たち一同は、狂喜《きょうき》して異国《いこく》の陸を見つめた。

三七日の航海日数でアメリカに着く。勝《かつ》はよろこんで万次郎《まんじろう》をたたえた。

「きみの卓越《たくえつ》なる航海術《こうかいじゅつ》には、じつに感服したり」

サンフランシスコ湾《わん》には、防衛《ぼうえい》のための数百門の大砲《たいほう》が、無言で咸臨丸をむかえた。

はじめての日本人の訪問《ほうもん》に、陸上では黒山のような見物人があつまり、たいへんな歓迎攻《かんげいぜ》めで、ホテルにも、市長はじめ市内の有力者があつまった。

儀礼的《ぎれいてき》な交流の場では、万次郎が通訳《つうやく》として活躍《かつやく》した。

サンフランシスコには、鉄道はまだで、電気の照明もなかったが、電信は使われていた。

福沢諭吉《ふくざわゆきち》は、万次郎の門人で、英語を学びはじめて間《ま》がない。この旅行で、アメリカの大統領《だいとうりょう》選挙のこと、身分の上下がないこと、職業《しょくぎょう》の自由など、万次郎から社会制度《せいど》のちがいを聞いて、たいへん刺激《しげき》をうけ、興味《きょうみ》を深めたことだろう。

彼《かれ》は、万次郎と本屋にゆき、すすめられて『ウェブスター英語辞書』を買った。万次郎も二冊《さつ》買う。本屋は、この辞書のねうちがわかる日本人がいたと、びっくりしたらしい。このウェブスター辞書は、日本の英語学習の発展《はってん》に、はかりしれない貢献《こうけん》をはたした。

嵐《あらし》にあった咸臨丸は、破損個所《はそんかしょ》の修理《しゅうり》のため、メア・アイランドの海軍造船所《ぞうせんじょ》にドック入りした。そこでは、船底の修理をするのに、五〇メートル以上の咸臨丸を持ち上げて作業できる設備《せつび》があり、日本人の一行はことばもでなかったほど驚嘆《きょうたん》した。

一方、正使一行を乗せたポーハタン号は、咸臨丸《かんりんまる》より二週間おくれてサンフランシスコにつく。正使一行は、その後、パナマに無事到着《とうちゃく》して、あとは陸路でワシントンにむかうと報《しら》せがあった。

それで、正使らのワシントンゆきには、もう不安がない。木村《きむら》が正使の代理をつとめる必要がなくなったので、台風の季節にならないうちにと、先に帰国することにした。

木村総督《そうとく》は、アメリカ水兵にも十分な謝礼《しゃれい》をくばり、いのちの恩人《おんじん》であるブルックには、予備《よび》に用意した私財《しざい》の千両箱をあけて、

「あなたのおかげで無事に任務《にんむ》がはたせました。感謝《かんしゃ》の申しようがございませんが、どうか、いくらでもお持ちください」

とすすめた。しかし、ブルックは丁重《ていちょう》に、こういってことわった。

「咸臨丸の航海が成功し、はじめてすぐれた日本人をアメリカに紹介《しょうかい》できたことで、自分は十分満足です」

帰りの航海は、アメリカ水兵が五人、同乗してくれたのに、海がおだやかだったので、日本人だけの手で快適《かいてき》な航行ができた。

五月二三日（旧《きゅう》・四月四日）、ホノルル入港、水、石炭、食糧《しょくりょう》など補給《ほきゅう》のため四日停泊《ていはく》した。

木村は、ハワイ王カメハメハ四世の宮殿《きゅうでん》にゆき、万次郎《まんじろう》の通訳《つうやく》で国王にあいさつした。

万次郎は、どうしてもデーモン牧師《ぼくし》に会って、お礼をいいたかった。帰国の準備《じゅんび》で、非常《ひじょう》にお世話になったまま、すでに一〇年もすぎていた。

訪問《ほうもん》するとデーモン牧師《ぼくし》は、万次郎《まんじろう》との再会《さいかい》を非常によろこび、

「あのあと、あなた方が、はたして祖国《そこく》に無事に帰れたか、心配していたのですよ。ペリー艦隊《かんたい》がきたときも、消息を聞いてみたのですが」

デーモン牧師は、万次郎がりっぱな海軍士官になった姿《すがた》にも眼《め》を見はった。そして問われるままに、万次郎は今までのいきさつを話しつづけた。

そして記念に、翻訳《ほんやく》した航海術《こうかいじゅつ》の本に、脇差《わきざし》をそえて贈《おく》った。翌日、万次郎は、咸臨丸《かんりんまる》にデーモン牧師を招待《しょうたい》し、木村や勝《かつ》にも紹介《しょうかい》している。

デーモン牧師は、万次郎が帰国してからのアメリカや世界の情報《じょうほう》が分かるよう、その間の『フレンド』誌《し》を、合本にしてくれた。それは何よりの贈《おく》り物《もの》であった。この中に、五月六日付で日本開国の第一報《ほう》「日米和親条約《じょうやく》に調印」の掲載誌《けいさいし》がある。日本の開国は、まさに世界の注目をあつめたビッグニュースであったのだった。

万次郎はサンフランシスコ滞在中《たいざいちゅう》に、ホイットフィールド船長に手紙を書いたが、いつもアメリカのスパイとうたがわれて監視《かんし》されていたので、郵便《ゆうびん》がだせなかった。船のなかでもまた書きたして、ホノルルで、船長への贈り物と手紙の発送をデーモン牧師にお願いした。それでこの手紙には、五月二日、二五日(新)の二つの日付がついている。

手紙には、帰国した経過《けいか》などを、くわしく書くことができた。まだ日本からは手紙が出せないので、無事に帰国できた報告《ほうこく》を、やっとかなえたのだった。

一八六〇年六月二三日（旧《きゅう》・万延《まんえん》元年五月五日）、咸臨丸《かんりんまる》は浦賀《うらが》に帰港した。

外国人ぎらいだった乗組員は、アメリカで接《せっ》した先進国の文明に眼をひらかされ、ブルックやほかのアメリカ人の紳士《しんし》的《てき》な対応《たいおう》にも、すっかり感服して帰国した。

帰国した日本は、国内の混乱《こんらん》がすさまじかった。テロや反乱を企《くわだ》てた攘《じょう》夷《い》派《は》の犯人《はんにん》を捕《とら》えさせ、刑罰《けいばつ》に処《しょ》した井伊《いい》大老《たいろう》が三月に暗殺されたなど、あまりの事件にみなおどろかされた。

アメリカから持ち帰ったもの

万次郎《まんじろう》がアメリカで買い物をして、持ち帰った品のリストからも、彼《かれ》の人柄《ひとがら》がよくわかる。

書籍《しょせき》

咸臨丸で持ち帰り、中浜《なかはま》家に現存《げんそん》するのは九冊《さつ》。

＊『ウェブスター英語辞書』（前述《ぜんじゅつ》、一冊は細川《ほそかわ》潤《じゅん》次郎《じろう》に贈《おく》る）

＊米海軍の軍事書二冊（日本海軍の改革《かいかく》の必要を感じて）

＊『図説米国史』（アメリカの紹介に役だたせるため）

＊『機械工学原理』（機械文明での日本の進歩に役立たせるため）その他代数や物理の本（同じく専門家《せんもんか》レベルである）

＊フレンド誌《し》の合本（前述）

カメラ

ダゲレオタイプという箱型。長崎《ながさき》にはあったが、江戸《えど》では初めてなので、「写真を撮《と》ってください」と、おおぜいの人におしかけられたらしい。

写すには、ガラスに薬品をぬってフィルムを作り、現像液《げんぞうえき》の調合も自分でする。万次郎《まんじろう》はその技《ぎ》術《じゅつ》を、咸臨丸《かんりんまる》がドック入りしていた一か月余《よ》の間に、アメリカの写真技師から習得していた。

デーモン牧師《ぼくし》は、『フレンド』誌に書いている。キャプテン万次郎の買いもとめたもので、「もっとも感動させられたのはカメラで、これは母を写そうという目的で買い求めたので、母を写し終えたらもはや無用のものだ、と語っていた」と。

ミシン

民間では万次郎のミシンが、日本ではじめてである。アメリカは機械革命《かくめい》で、小型の家庭用ミシンが普及《ふきゅう》しはじめたが、まだ高級家具だった。咸臨丸のドック入り中、木村《きむら》は器械方士官の家にまねかれ、一〇歳《さい》の娘《むすめ》がミシンをつかう場を見た。万次郎も通訳《つうやく》でその場にいたはずである。

万次郎は、目がよくない母のために、針仕事《はりしごと》をらくにしてやりたくて、ミシンを買ってきたというが、妻《つま》の鉄《てつ》につかわせたい、と思わなかったのだろうか。一方、「日本も世界へ目をむけ、機械文明の遅《おく》れをとりもどそう」と、世間に刺激《しげき》を与《あた》えたかったのではなかったか。

アコーディオン　（後述《こうじゅつ》）

4 小笠原《おがさわら》の父島・母島

咸臨丸《かんりんまる》による太平洋横断《おうだん》での、万次郎《まんじろう》の功績《こうせき》に、幕府《ばくふ》は銀八〇枚《まい》の報奨金《ほうしょうきん》をさずけた。

勝麟太郎《かつりんたろう》は、任務《にんむ》がはたせなかったことから、海軍から役をおろされた。

幕府《ばくふ》は、外国人に助けられたとあっては、幕府海軍の恥《はじ》になると判断し、「日本人だけで、困難《こんなん》な航海をやりとげた」と公表し、関係者の口うらをあわせた。

木村《きむら》も、福沢《ふくざわ》も、勝も、それで通したので、「咸臨丸は勝の功績」と書かれたものが多い。

さて、その年の八月、万次郎は、外国船に招《まね》かれて訪問《ほうもん》したことを責《せ》められた。

「万次郎、きさまは外国人とつきあったり、外国の船にでかけていく。けしからんやつだ」

それだけの理由で、軍艦操練所《ぐんかんそうれんしょ》の教授《きょうじゅ》を免職《めんしょく》され、謹慎《きんしん》を命じられた。

「謹慎」とは、門戸《と》を閉じ、外出をゆるさない刑罰《けいばつ》である。

外国事情《じじょう》を聞きにたずねてくる人にも、あわせないよう、万次郎に外国の話をさせないようにと、監視《かんし》もつづいた。

その翌々年《よく》（一八六二）、他《ほか》に通訳《つうやく》がいないので謹慎がとけ幕府の用で小笠原諸島《しょとう》にいった。

小笠原諸島で人が住んでいるのは、父島、母島だけで、当時は外国人ばかり、日本人はいない。どこの国の領土《りょうど》か、彼《かれ》らにも分かっていなかった。

幕府は、小笠原島《おがさわら》を日本の領土だとはっきり決め、八丈島《はちじょうじま》から移民《いみん》をさせたかった。そこで、外国奉行《ぶぎょう》の水野筑後守忠徳《みずのちくごのかみただのり》を団長とする開拓団《かいたくだん》を派遣《はけん》することにした。咸臨丸《かんりんまる》で測量《そくりょう》をやった小野友五郎《おのともごろう》が艦長《かんちょう》で、一行は一〇七名、三か月ほどの出張《しゅっちょう》である。

文久元年《ぶんきゅう》一二月一九日、父島に着く。緑のふかい、なつかしい島の風景にはいっていくと、はっとした。島にアメリカ国旗がかかげられていたのだ。

おもな交渉《こうしょう》の相手は、ナサニエル・セボレーで、一五年前にフランクリン号で父島にきたとき、万次郎《まんじろう》はあったことがある。

団の一行は、父島の旭山山頂《あさひやまさんちょう》に日章旗をたてた。そして島民をあつめ、万次郎が英語で、

「小笠原島は日本の領土なのです。日本がおさめますので、法令を聞いてください」

と「法令」（決まり）七点を説明し、承認《しょうにん》してもらった。

そして島民におみやげとして、酒、ローソク、什器《じゅうき》などを分けあたえ、親睦《しんぼく》をはかった。しらべてみたら、父島の住民は三八名だった。

つづいて母島でも、同じことを実施《じっし》した。母島には一四名の島民がいた。

母島で、万次郎は、木にかけられた英文のプレートを発見した。九年も前、ペリーがプリマス号艦《かん》長《ちょう》に命じて、母島のアメリカ領有《りょうゆう》をしめしたものである。ところがアメリカ政府《せいふ》の承認が得られず、領有は棄《す》てておくことになっていた。

一行が母島で別れをつげるとき、島の代表が別れをかなしみ、その場の空気がしずんでしまった。

そこでとっさに、万次郎《まんじろう》はアコーディオンをひいた。

陽気なアメリカのメロディーがながれると、雰囲気《ふんいき》が一変した。テンポの速いゆかいなリズムに、みんな体をゆすってあわせたり、なかには踊《おど》りだす人もいた。

父島でも母島でも、友好的に島民と交流し、日本が領有《りょうゆう》することで、円満に島民の同意がえられた。

アコーディオンは、咸臨丸《かんりんまる》でアメリカからもち帰ったもの。以前に捕鯨船《ほげいせん》では、みんなでよく歌をうたい、伴奏《ばんそう》にアコーディオンをひいた。万次郎にとって捕鯨船も故郷《ふるさと》であった。万次郎が江戸《えど》でひいて聞かせたという記録はなさそうである。はなやかな演奏《えんそう》はひかえていたのだろう。

また、同行した団員《だんいん》の日記によれば、万次郎は、咸臨丸でクロダイを何枚《なんまい》も釣《つ》りあげ、それがたいへん美味であったという。

小笠原《おがさわら》には、その後まもなく八丈島《はちじょうじま》から三八名の開拓民《かいたくみん》が入植している。ところが日本本土で、攘夷派《じょういは》による外国人殺傷《さつしょう》の事件《じけん》がつづき、外国との関係が悪化したので、日本人移民は九か月で引《ひ》き揚《あ》げた。日本領土になったのに、日本人はだれもいなくなってしまった。

十　NとT（一八六二年）

1　夫婦《ふうふ》のきずな

朝ごとに、万次郎《まんじろう》が眼《め》をさますと、パンを焼くやさしげな香《かお》りが家にただよっていた。朝食にパンを焼くのは、妻《つま》の鉄《てつ》の日課のひとつになっている。

――ああ、この香りだ。鉄にわがままを押《お》しつけてすまないのだが。

万次郎は、金山で働いたころも、毎朝パンを自分で焼いた。結婚《けっこん》する前にも焼いていた。パンは、アメリカの農場の家の、あの幸福感とむすびつく。

鉄は、パンの焼き方を教わると、間もなく技術《ぎじゅつ》を身につけた、というより得意になった。

「いかがですか。おいしいでしょ、わたしのは？　日本一のパンでございますもの」

江川《えがわ》家でもパンを焼く。江川英龍《ひでたつ》は、西洋砲術《ほうじゅつ》を学んだ長崎《ながさき》の高島秋帆《たかしましゅうはん》から、軍事用に役だつからと、パンの製法《せいほう》も教わっていた。伊豆《いず》で乾《かん》パンを焼いてたくわえ、領民《りょうみん》のために飢饉《ききん》や、軍事にそなえたとも聞いた。

江川《えがわ》は、パン焼きの研究にも熱心で、アメリカ式の焼き方も万次郎に教わっている。

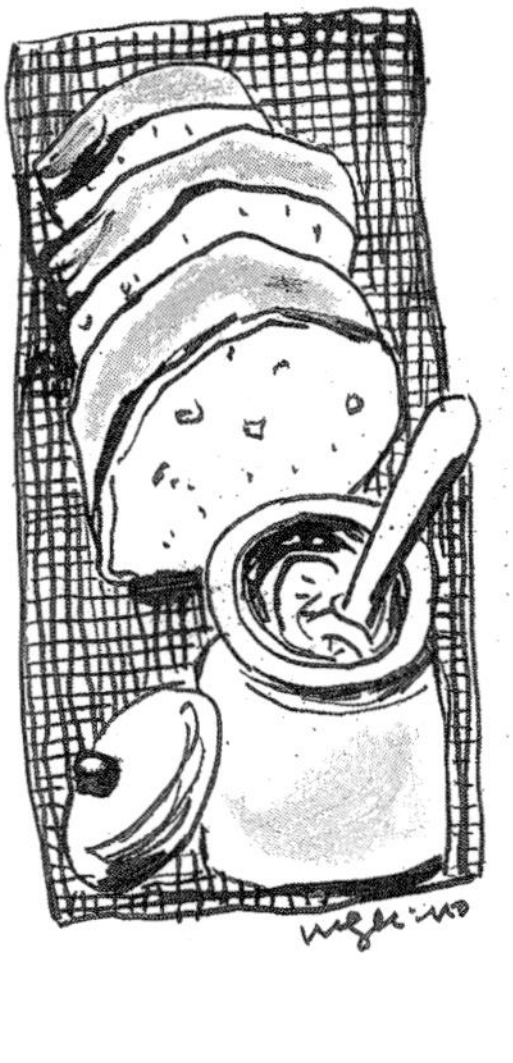

万次郎《まんじろう》は、焼きたてのパンに、甘《あま》いジャムをたっぷりのせる。そのジャムも鉄《てつ》の手製《てせい》で、江川家にとどいた伊豆《いず》の夏ミカンを皮ごときざみ、砂糖《さとう》で煮《に》こんだマーマレードである。

万次郎は、コーヒーに砂糖を入れるが、コーヒーが買えないので、お茶に砂糖を入れてのむ。お粥《かゆ》にも砂糖をのせて食べるほどの甘党《あまとう》だった。

鉄は、あたらしい試みや工夫《くふう》がすきで、当時はきらわれていた肉料理も、教わると楽しくてたまらない。

万次郎は、外出のときは着物ででかけるが、家ではズボンをはく。鉄も一度、かくれて万次郎の服をきて、ズボンをはいてみたら、裾《すそ》がからまないで、ずっと動きやすいと知った。しかし、自分がズボンの生活をする勇気まではもっていない。

万次郎は、ときおり、わざと土佐《とさ》方言をつかう。

手ぬぐいを、「それ、貸《か》してつかあさい」とか、

「さきほどの野菜売りは、まっことえい娘《むすめ》じゃった」

そんなとき、鉄は体をよじって笑いころげた。

万次郎は、一〇歳《さい》も年下の鉄の無邪気《むじゃき》なふるまいが、愛らしくたのしかった。いかめしい剣術《けんじゅつ》道場の家でそだった鉄もまた、世間とちがった万次郎との、のびやかで自由のある生活をたのしんだ。

万次郎は、妻を「鉄さん」と呼ぶ。年下であろうと女であろうと、平等な人間としてあつかうのは、アメリカでつちかわれていたから自然なことなのだった。

「わたしの友だちが農場に来て、ずいぶん乱暴《らんぼう》ないたずらもしたものだ。遊びに夢中《むちゅう》で、畑を荒《あら》したり、柵《さく》をこわしたりね。それを、キャプテンもアルバティーナ夫人も決して怒《おこ》ったりせず、ゆるしてくれた。いけないとは教えても、あとで、おやつのケーキを、いっしょに楽しんだ。神さまが宿っておられるかと思うほどのご夫妻《ふさい》で、幸せだったよ」

そういう話を聞くほどに、鉄《てつ》は、それを受けつごうとする夫に、信頼《しんらい》と敬愛《けいあい》をました。

万次郎《まんじろう》は、一日の終わりに祈《いの》りをささげる。

天にましますわれらの父よ。
み名のあがめられんことを。
み界《くに》のきたらんことを。
み心の天になるごとく、地にもならんことを。
われらに必要な糧《かて》を、きょうもあたえたまえ。
われらに負債《おいめ》ある者を、われらのゆるしたるごとく、
われらの負債をゆるしたまえ。
我《われ》らを試みにあわせず、悪よりすくいだしたまえ。

キリスト教は、厳《きび》しく禁止《きんし》されていた時代である。はじめは肝《きも》をつぶした鉄《てつ》も、しだいにうたがう

ことなく万次郎《まんじろう》をまねた。


天にましますわれらの父よ。

み名のあがめられんことを。

み界《くに》のきたらんことを。

み心の天になるごとく、………。


こんどは万次郎がおどろいた。

「鉄《てつ》さん、あなたまで巻《ま》きぞえにしたくない。あなたには、知らないでいてほしいのに」

ここにキリスト教信者がいると知った者は、ほうび欲《ほ》しさに役人に通報《つうほう》するだろう。すると、たちまち捕《と》らえられる。奉行所《ぶぎょうしょ》のお裁《さば》きはきまっていた。はりつけ柱にしばられ、わき腹《ばら》を左右から槍《やり》で突《つ》かれる磔刑《たっけい》となり、しかもその場を見世物《みせもの》にされる。

万次郎は、その覚悟《かくご》ができているつもりでも、考えだすと、たまらなくおそろしい。それなのに鉄は、「ほ、ほっ」と、えくぼさえ見せた。

「万さまとわたくしは、生きるもいっしょ、死ぬもいっしょでございましょう。キリストさまと同じになれるとは、何とすばらしいではありませんか」

この秘密《ひみつ》が、ふたりの心の結びつきをさらにつよめた。そして、このとき万次郎は、一つの決断《けつだん》をした。

——そうだ、思いきって横浜《よこはま》にいこう。鉄《てつ》とわたしのために、あれを買うてこよう。

2　危険《きけん》な買いもの

その日は万次郎《まんじろう》のもとに、土佐《とさ》の人が訪《たず》ねてきて、たまたま馬の話になった。

「アメリカの馬は大きくて力も強いですよ。それに比《くら》べたら、日本の馬は頼《たよ》りないですね」

万次郎の話に、その客は怒《おこ》ってどなりだした。

「おまえの話を聞いちょると、なんでもアメリカはすぐれちょる、日本はおくれちょると聞こえる。馬までそうや。馬は馬じゃ。大きいの小さいの、国によってちごうと、バカにするもえいかげんにせい！」

そういうと、席をけって帰っていった。

万次郎の話から学ぶ者もいたが、事実を話しても、信じない者の方がおおかった。

電信のこと、蒸気《じょうき》機関車が二十輛《りょう》、三十輛と鉄の箱である客車や貨物車を引いてはしること、きゅうくつな駕籠《かご》ではなくて、はやくてゆったり乗れる馬車の話にも、

「ほら吹《ふ》くのもいいかげんにせい。やっぱり噂《うわさ》どおりだ。わしらをいつわってまで、そんなにアメリカに忠義《ちゅうぎ》をつくしたいのか」

西洋の文明や、社会のしくみをつたえて、日本の進歩のお役にたちたい。そのために、危険《きけん》をおかして帰国したのだ。それを曲げてとられては、心中おだやかではない。

「知ったかぶりして、幕府《ばくふ》のお偉方《えらがた》にも出まかせいって、出世したいだけの卑《いや》しいやつめ」

そこまでいわれたら、さすがに怒《いか》りがわく。それでも、ぐっと自分を抑《おさ》えた。

いつも、ホイットフィールド船長のことばが、すぐに浮《う》かんでくるのだ。

「あの人たちは、自分のまちがいが分からないだけだから、ゆるしてやりなさい。いまに、きっと分かるときがくるから」

――そうか。ゆるす、耐《た》える。でも、わたしには自信がない。せめて手元に聖書《せいしょ》がほしい。神のことばにふれられたなら、きっと魂《たましい》に勇気がわいてくるかも……。

結婚《けっこん》して九年め、旧暦《きゅうれき》の六月、江戸《えど》では雨の日がつづき、むし暑かった。

鉄《てつ》は、このところ元気なく、発熱して三日ほどふせっていた。

――はやく病がおさまってほしい。子どもたちのためにも。

――やはり、思いきって聖書を買うてこよう。聖書を読んで、鉄もわたしも元気をとりもどしたい。

万次郎の聖書はアメリカにおいてきた。日本で買えるはずがない、と思っていたのに、横浜《よこはま》にいけば買えそうなのだ。

さくらが散った先ごろ、幕府の蕃書調所《ばんしょしらべしょ》の役人にこうたのまれた。

「蕃書調所では、オランダ語の教育と翻訳《ほんやく》をやってきましたが、先生のご意見がいれられて、幕府は、英語を主とした『洋書調所』と変えました。ついては、英語をならうに役だつ書、外国事情《じじょう》が得られる原書を購入《こうにゅう》したいので、先生にえらんでほしいのです」

洋書調所はのちの開成学校、現在《げんざい》の東京大学の前身であり、英文の翻訳《ほんやく》で、万次郎《まんじろう》はずいぶん協力している。

そのときは、横浜《よこはま》から商人にはこばせた洋書から、万次郎は、とりあえず三〇冊《さつ》ほど選定した。商人が、残りを茶箱にしまいながら、こういった。

「あなたさまのお噂《うわさ》はうかがっております。どのような洋書でも、ご用がございましたら、手前どもにお申し付けくださいまし。横浜にございましたら、すぐにお届《とど》けいたします。横浜にないものは日数がかかり、お待ちいただくことになりますが」

箱から出さなかった黒表紙があった。一瞬《いっしゅん》それにすいついた眼《め》を、「はっ」とそむけた。「旧約聖《きゅうやくせい》書《しょ》」「新約聖書《しんやくせいしょ》」にちがいない。それとなく見せたとはなぜだ。

調所の役人は、まだ英語が読めない、が、ワナかもしれぬ。警戒《けいかい》が先にたってくる。

しかし、横浜なら聖書が買える、と感じた。それ以来、胸《むね》からはなれない。

――気づかれたらどうなる。でも、ハラをくくって、十字架《じゅうじか》を背《せ》おっていく気になれ!

覚悟《かくご》のうえでも、出立《しゅったつ》の日には膝《ひざ》ががくがくした。

――やめるか……。いや万次郎、おまえの勇気はなえてしまったのか。

万次郎はたえず監視《かんし》されている。通用門に監視の目があるのを確《たし》かめた。江川《えがわ》家の別の門に駕籠《かご》をよばせ、とりあえず監視の目をのがれた。しかし駕籠《かご》になれていないので途中《とちゅう》で気分が悪くなり、多摩川《たまがわ》でおりると、あとは下駄《げた》ばきであるく。神奈川《かながわ》で一泊《ぱく》した。

横浜《よこはま》、長崎《ながさき》、函館《はこだて》では、数年前から貿易《ぼうえき》が始まっていた。

さびれた漁村だった横浜村が、少しは家並《いえなみ》ができ、外国人も住みはじめた。小屋がけの外国商店がけっこうあって、モダンな商館の取引所もできていた。

店の看板《かんばん》、商品名も、すべて英語の横文字である。ある店で、万次郎《まんじろう》は皮靴《かわぐつ》を買った。靴なら下駄よりつかれないが、目だってはまずい、はきかえずにあるく。

めざす店をさがす。アメリカ人が雑貨《ざっか》をあきない、奥《おく》に書架《しょか》がある。

「ジャパン役所だ。バイブル〈聖書〉買う。外国人、罪《つみ》になりません。安心して出しなさい」

半分英語、半分身ぶりだ。店の人が、奥からもってきた黒表紙を手のひらにのせると、その重みで、万次郎の心臓《しんぞう》は大きくはねた。それをさとられないよう、おさえていった。

「OK。あなたノウ・クライム、罪になりません」

念願の聖書が買えた。だが発見されたら、はりつけになる。

緊張《きんちょう》して全身に汗《あせ》がでた。せっかくの靴も風呂敷《ふろしき》に閉《と》じこめ、下駄ばきで帰った。

途中につっ立って、へばりつく眼で見る女がいた。どうも後をつけてくるようだ。

茶屋に駕籠《かご》屋がいた。茶屋でやすむふりして駕籠にのり、いそいでもらう。

無事に帰宅《きたく》したあとまで、しばらくは心臓がおちつかなかった。

病床《びょうしょう》にいくと、鉄《てつ》はくっきり眼《め》をひらき、頬《ほお》に血の色をみせ、おきようとした。

「お帰りなさいませ。横浜《よこはま》ではお疲《つか》れで」

「いや、鉄さん、元気になったかい、よかった。ふたりだけの、大事なヒミツを買うてきちょったけん。さ、どこを読んであげよう」

この英文の聖書《せいしょ》は、現《げん》に中浜《なかはま》家にあり、表紙裏《うら》に日付けとサインが記されている。

「日本六月二日　求之《これをもとめる》、Nakahama.T.N 一八六二」

Nは万次郎信志《まんじろうのぶゆき》の信の頭文字《かしらもじ》で、Tは鉄の頭文字にちがいない。

3　送ることば

まもなく鉄の病は回復《かいふく》したのに、ひと月半ほどたつと、咳《せき》、鼻水に発熱で、またも床《とこ》についた。眼が赤い。医者は首をかしげて、注意した。

「念のために、子どもは近づけぬがよろしい」

二日後、鉄の耳のうしろから、赤い発疹《ほっしん》がでて、熱はさがらず、翌日は、もう呼吸《こきゅう》が苦しそうだ。お粥《かゆ》もたべず、薬をのませるのがやっとだった。

「このところ、ハシカが流行しており、亡《な》くなった方もおりますで。お気をつけくだされ」

医者はハシカをうたがい、ぬり薬もおいていった。

そのあと顔に赤く発疹《ほっしん》し、高熱がつづき、あっというまに身体《からだ》じゅうに発疹がひろがった。高熱にうめき、かゆいのか、身体をもだえた。まちがいなくハシカだった。口の中にも白い腫《は》れがある。万次郎《まんじろう》は、鉄《てつ》の病床《びょうしょう》につききりとはいかない。英語を学びにくる人、洋式造船《ぞうせん》の相談にくる客がたえまないのだ。それで鉄の実家の団野《だんの》家から、看病《かんびょう》の応援《おうえん》にきてくれた。

麻黄湯《まおうとう》（薬名）の薬効《やっこう》によるのか、やっと熱がさがったが、なにも口にしたがらない。ほどなく呼《こ》吸《きゅう》があらくなり、苦しみだした。

高熱にうなされる日が、三日もつづいた。

「しっかりしなさい。鉄さん、神のおことばを聞いてくれるか」

「万さま……、鉄はしあわせで、ございました」

かすかな声があって、そのあと、もう鉄は反応《はんのう》しなかった。意識《いしき》がしだいにうせていく。きえそうないのちに、万次郎はつよく呼《よ》んだ。

「鉄さん、しっかり目を開けてくれ。鉄さん！」

応診《おうしん》に来た医師《いし》は、「あとは、時間の問題です」そういって、出ていった。

鉄が、息絶《いきた》えたとき、万次郎は鉄の胸《むね》をゆすぶり、涙《なみだ》をふるって叫《さけ》びつづけた。

「鉄《てつ》さん、眼《め》をあけてくれ。何かいってくれ。約束したでないか。『生きるもいっしょ、死ぬもいっしょ』と。わたしをおいて逝《ゆ》くでない。生きるんだ」

鉄の顔の上に、とめどなく滴《しずく》がしたたった。

しかし、鉄《てつ》の眼はふたたび開くことはなかった。

「父なる神、神よ。天よりつかわされし妻《つま》、鉄を、どうか、よみがえらせてください」

せつなる祈《いの》りも、鉄の、いのちの鼓動《こどう》をふたたび起動させることはできなかった。

医師《いし》や子どものほか、鉄の実家、団野《だんの》家からかけつけた縁者《えんじゃ》や、江川《えがわ》家の人びともあつまってきたが、ハシカの伝染《でんせん》を心配して、早めに帰ってもらった。

赤く発疹《ほっしん》のある鉄の顔に、白布《はくふ》がかけられていたが、万次郎《まんじろう》はそれをはずした。

「鉄は、生きかえる、きっと、よみがえる」

しかし、その願いはむなしかった。

夜更《よふ》け、鉄と二人にしてもらった万次郎は、気をとりなおして、あらためていとしい妻の髪《かみ》に、額《ひたい》に、両頬《りょうほお》に、そっと手をそえた。たまらなくなって、ぬくもりののこる寝具《しんぐ》に身をふせると、しばらくは嗚咽《おえつ》をこらえられずにいた。

やがて身をおこすと、しゃきっと座《すわ》りなおした。

——そうだ。悲しんではいけないのだった。神のみ界《くに》に召《め》されたのだ。

「天にましますわれらが主よ。鉄の霊《れい》を主におまかせいたします。偉大《いだい》なる愛のみ手にて、お迎《むか》えくださいますことを」

それでも、万次郎の涙《なみだ》はつきなかった。

鉄は二五歳《さい》の若《わか》さで、一男、二女（寿々《すず》、東一郎《とういちろう》、鏡《きょう》）をのこしてあの世へ逝《ゆ》く。

文久《ぶんきゅう》二年（一八六二）七月二一日であった。
そのころ流行したハシカは、おおくの死者をだしている。

十一　幕《ばく》末《まつ》（一八六三～六八年）

1　ねらわれるいのち

「中浜万次郎《なかはままんじろう》は国賊《こくぞく》の第一号なり。許《ゆる》してならず」

「開国の売国奴《ばいこくど》！　生かしおくべからず」

ののしりわめく攘夷派《じょういは》の志士《しし》たち、ことに水戸藩《みとはん》の浪士《ろうし》につけ狙《ねら》われていた。

「中浜万次郎はおるか」自宅《じたく》にも刺客《しかく》が土足で踏《ふ》みこんでくる。さいわい、いつも留守《るす》だった。

近年は、日本国じゅう火事場のような騒《さわ》ぎだった。開国に反対し、「外国を追いはらえ」とする運動が、反幕府となってつよまった。万次郎は、攘夷派《じょういは》がねらう重要人物である。

当時は、意見のちがいを話し合いもなく、殺しあうことで結末つけようとする世の中で、有能《ゆうのう》な若者《わかもの》がいのちを落としている。開国論《かいこくろん》者や洋学者たちは、このように狙われていた。

幕府《ばくふ》は、岡田以蔵《おかだいぞう》を万次郎の警護《けいご》の役につけた。岡田は、土佐藩《とさはん》では下級武士《ぶし》ながら、剣《けん》では示現《じげん》流《りゅう》の達人、「人斬《ひとき》り以蔵」と怖《おそ》れられた剣士である。

はじめ、勝麟太郎《かつりんたろう》の護衛《ごえい》をつとめていたが、勝が、岡田に万次郎の護衛をたのんだ。

「おれの剣に敵《かな》うやつはおらんし、おれを護《まも》ってくれるのもおるが、土佐万が心配だ。万次郎《まんじろう》をたのむよ」

ある日、岡田《おかだ》を連れて、谷中《やなか》に造らせていた自分の墓《はか》を見に行ったときだ。とつぜん三方の墓かげから、覆面《ふくめん》の四人が抜刀《ばっとう》して襲《おそ》いかかった。

「国賊《こくぞく》、中浜《なかはま》万次郎、覚悟《かくご》っ！」

とっさに、刀を下段《げだん》にかまえた岡田が叫んだ。

「先生！　墓を背《せ》にまっすぐ立っていてください」

墓はアメリカ式の扁平《へんぺい》なもので、上は円形で高さ二メートルもあったというから、かなり大きい。それがよかった。

「うしろに二名、かくれています。墓の中央から動かずに……」

ことばの中途《ちゅうと》で、血しぶきがあがった。ふたりがころがるように逃《に》げていく。血しぶきが墓石に飛びちり、そこにふたり斃《たお》れていた。

「まだ、動かないでください」

墓の後ろのふたりも、ふためいてばたばた走り去った。

「人斬《ひとき》り以蔵《いぞう》」が、万次郎のいのちの恩人《おんじん》となる。

万次郎自身も、もちろん身辺の危険《きけん》を察していたから、六連発の短銃《たんじゅう》をいつもふところにしていたし、後には、刀を仕込《しこ》んだ杖《つえ》を持って外出していた。

護衛《ごえい》の役は、その後、抜《ぬ》き打《う》ちの名人、団野源之進《だんのげんのしん》に交代した。

ある晩《ばん》、屋敷《やしき》への帰り、闇夜《やみよ》の小名木《おなぎ》川のほとりを団野と歩いていた。夜釣《よつ》りの漁火《いさりび》が水面にゆらいでいる。

団野がそっと、万次郎《まんじろう》の右に身体《からだ》をうつすと、人影《ひとかげ》が団野とすれちがった、その瞬間《しゅんかん》、すうーっとホタルが飛んだ。

「今ごろ、珍《めずら》しいことよ」

と声にしかけると、どさっと、人の倒《たお》れる音がした。

ホタルと感じたのは、刀の光であった。

団野は、万次郎を川岸に押《お》しやって言った。

「第二、第三の襲撃《しゅうげき》があるやもしれません。そのときは川に飛びこんで、漁火の舟《ふね》まで泳いでください。泳ぎは先生の専門《せんもん》だ」

その晩は、あと何ごともなく帰宅《きたく》できたのだが。

このように幕末《ばくまつ》から明治のはじめごろ、万次郎は、暗殺者にたえずつけ狙《ねら》われた。

元治《げんじ》元（一八六四）年を迎《むか》えると、万次郎は、思いがけなく薩摩藩《さつまはん》からの招《まね》きを受けた。幕府《ばくふ》の家臣だから、薩摩藩は幕府から万次郎を借りることになる。三年間の期限《きげん》で、幕府の許可《きょか》も得たという。

2　鹿児島《かごしま》への赴任《ふにん》

「薩摩藩《さつまはん》では、六月に軍の総合《そうごう》大学として、鹿児島に開成所を設立《せつりつ》します。ついては、中浜万次郎殿《なかはままんじろうどの》には三年の間、蒸気船《じょうきせん》の運用術《うんようじゅつ》などのご教授《きょうじゅ》をお願い申したく」（元治《げんじ》元年五月）

薩摩といえば、日本では西南の端《はし》で、帰国したばかりのとき、藩主《はんしゅ》の島津斉彬《しまづなりあきら》に招《まね》かれ、海外の話をしたことがあった。

この度は、万次郎の家族ばかりか、周辺の人や弟子《でし》たちも、鹿児島行きに反対した。

「こんな危《あぶ》ない時期に、ことさら西国にお出かけとは、むちゃでございます」

「先生は、幾度《いくど》も危ないめにあっています。江戸《えど》なら、身辺を警護《けいご》する者がおりますのに」

この年も、たびたびの事件《じけん》があって多数の死傷者《ししょうしゃ》が出た。七月、京の都で戦争があり（禁門《きんもん》の変）、都は焼け野原、難民《なんみん》が河原《かわら》にあふれるありさまで、幕府《ばくふ》は、攘夷派《じょういは》で反幕府の長州《ちょうしゅう》を征伐《せいばつ》せよと、戦争をはじめた。開国か反幕府の攘夷か、それだけで互《たが》いに敵《てき》となった。

ところで薩摩についてだが、前年から、薩摩藩にとってはきびしい嵐《あらし》の年だった。

文久《ぶんきゅう》二（一八六二）年八月一日、薩摩の大名行列が、東海道の生麦《なまむぎ》にさしかかると、イギリス人四人が乗馬のまま、行列の直前を横切った。家来が「無礼者！」と殺傷《さつしょう》したのが外交問題となった。

幕府はイギリスに、一〇万ポンドの賠償を払《はら》って収《おさ》めようとしたが、イギリスは別に薩摩藩に対し、遺族《いぞく》の扶助料《ふじょ》と犯人《はんにん》の処罰《しょばつ》を求めた（生麦事件《なまむぎ》）。

しかし薩摩《さつま》が応《おう》じないので、翌年七月、七隻《せき》の軍艦《ぐんかん》で薩摩を攻撃《こうげき》した。相手の武器《ぶき》の偉力《いりょく》は想像《そうぞう》を絶した。アームストロング砲《ほう》は弾《たま》が三千メートルも飛び、当たりが正確《せいかく》だ。薩摩の大砲《たいほう》は、射程《しゃてい》わずか千メートル。これではとても敵《かな》うはずがなかった。

世界最強のイギリス艦隊《かんたい》と戦った薩摩藩《さつまはん》は、たちまち鹿児島《かごしま》の市街を焼かれ、砲台《ほうだい》も工場も破壊《はかい》された。敵《てき》の強さは戦うどころでないと知った。

「日本はとても遅《おく》れている。とても攘夷《じょうい》などできない」

そう気づいた薩摩は、きっぱり舵《かじ》を和平に切《き》り換《か》えた。

イギリス側も、旗艦《きかん》の正副艦長が戦死、六三名の死傷者《ししょうしゃ》を出して、戦っても益《えき》なしと和睦《わぼく》した。

その後の薩摩藩は、大胆《だいたん》に西洋から学んで近代化をはかった。急いで西洋に追いつこうと藩の学校に力を入れた。開成所に万次郎《まんじろう》を呼《よ》んだのも、そのためである。

薩・英戦争の痛手《いたで》から立ち上がって、藩内のことだけでなく、日本の改革《かいかく》に向かう薩摩藩の、火の玉のような熱情《ねつじょう》を感じて、万次郎は、鹿児島行きを決意し、従僕《じゅうぼく》の与惣次《よそうじ》と、弟子《でし》の立花鼎之進《たちばなていのしん》をともなって、鹿児島《かごしま》におもむく。

万次郎《まんじろう》は、この時点で、日本で西洋の学問や技術《ぎじゅつ》を教える一流の講師《こうし》であった。「開成所」では、航海、測量《そくりょう》、造船《ぞうせん》、英語の教授《きょうじゅ》に当たった。外洋での航海の実習も指導《しどう》した。

戦火に焼かれた鹿児島で、工場「集成館」が再建《さいけん》されつつある。万次郎は、薩摩らしい、時代のいぶきを見た。

——日本を変えるエネルギーを、薩摩はしっかり蓄《たくわ》えつつある。開成所の学生の意欲《いよく》もなかなかだ。

この藩《はん》は、産業を興《おこ》し、外国とも交易《こうえき》をはじめ、ぬきんでて進歩的だ。

万次郎《まんじろう》の薩摩への信頼《しんらい》と期待はつよまった。それで、伊地知壮之丞《いじちそうのじょう》に思いをぶちまけた。

「わたしは外国にいて、鎖国《さこく》の日本を変えなくちゃと、想《おも》っていました。いまの幕府《ばくふ》は、開国すれば外国にへいこらする。こんな幕府には何も期待できない。国民を守《まも》らない幕府なんかなくていい。これからの日本を考え、変えていく力を薩摩に見ましたよ」

さて、幕府の側では、いったん長州《ちょうしゅう》を降伏《こうふく》させたのに従《したが》わないので、慶応《けいおう》元年の一一月、「第二次長州征討《せいとう》」の大号令を発した。しかし、多くの藩は、幕府と長州のけんかに、多額《たがく》の軍事費と、兵の犠牲《ぎせい》を出してまで協力したくないから、なかなか動こうとしない。

そのころ、伊地知にたのまれた。

「中浜《なかはま》先生、長崎《ながさき》にいっしょに行ってくれませんか。じつは藩では、すぐに使える外国船と、新式の武器《ぶき》を輸入《ゆにゅう》します。船や銃《じゅう》をえらぶにも、英語で交渉《こうしょう》するにも、先生がいっしょだと心づよいです」

それで年が改まってから、長崎《ながさき》に行き、購入《こうにゅう》した外国船は、鉄製蒸気船《てつせいじょうきせん》を三隻《せき》、木造帆船《もくぞうはんせん》が一隻だった。

「この船でまず貿易《ぼうえき》をすすめましょう。いざとなったら、大砲《たいほう》を積んで軍艦《ぐんかん》になります」

万次郎《まんじろう》は、船も銃《じゅう》も、よい買い物だったとの自信があった。

「このライフル銃は、いまの日本で最強です。ねらいが正確《せいかく》で、弾《たま》の飛ぶ距離《きょり》だってすごいでしょう」

ためし撃《う》ちした伊地知《いじち》は、「中浜《なかはま》さんのおかげだ」とたいそう喜んだ。

ライフル銃の輸入《ゆにゅう》は、その後も数をふやした。翌々年の戊辰《ぼしん》戦争では、これが勝利への決定的な威力《いりょく》となる。

翌年開戦した第二次長州《ちょうしゅう》戦争に、薩摩藩《さつまはん》は幕府《ばくふ》の命令を拒否《きょひ》して出兵しなかった。

慶応《けいおう》二(一八六六)年正月、万次郎は薩摩藩の許《ゆる》しをえて中ノ浜《なかのはま》に帰った。江戸《えど》から共にきた立花《たちばな》鼎之進《ていのしん》は、万次郎の留守中《るすちゅう》、開成所で英語を教えるため、鹿児島《かごしま》にとどまった。

針仕事《はりしごと》をしていたおかやんは七四歳《さい》、手をとって泣きださんばかりの喜びようだった。

「万次郎じゃ、もう会えんかと、心配しよったぞね。よう来てくれたねえ」

「おかやん、元気でいてよかったなあ。おれ、お役目で、なかなか帰れんですまんことじゃった」

おかやんは、万次郎のすきなカタクチイワシの炒り子《いりこ》を出してくれた。

万次郎は、友人の池道之助《いけみちのすけ》の家に泊《と》まったが、

「よう、万次郎が帰ってきたと」と訪問客《ほうもんきゃく》がたえず、いそがしい帰省だった。

それでもくつろいで、母と語らい、海釣《うみづ》りなどして休養もした。その間に、母のために、小さいけ

れど瓦屋根《かわらやね》のりっぱな隠居所《いんきょじょ》を新築《しんちく》し、三月二四日（旧《きゅう》）まで母とそこで過《す》ごした。

土佐《とさ》の前藩主《ぜんはんしゅ》となった山内容堂《やまうちようどう》は、万次郎《まんじろう》の帰郷《ききょう》を聞いて、ぜひにと高知《こうち》に呼んだ。

3　土佐の船買い

高知でも、近代化を目指す藩の学校「開成館」が開校したばかりである。藩の重臣である後藤象二郎《ごとうしょうじろう》は、万次郎を手あつくもてなして、「中浜《なかはま》先生、開成館を新時代の学校にするため、お知恵《ちえ》を拝借《はいしゃく》したい」と指導《しどう》を求めた。そして、英語、測量《そくりょう》、航海術《こうかいじゅつ》、捕鯨術《ほげいじゅつ》などの講義《こうぎ》をたのんだ。

土佐藩は、薩摩《さつま》藩から万次郎を借り受けたわけで、又借《またが》りされるほどひっぱりだこである。時代にめざめた藩は、西洋の新しい知識《ちしき》、新しい技術を、切実に求めていた。

後藤は、二八歳《さい》の若《わか》さだが藩主の信任厚《しんにんあつ》く、すでに藩を動かす実力者である。かつて万次郎が帰国して高知に戻《もど》ってきたとき、十五歳の象二郎が、万次郎の世界地理の話を熱心に聞いていたことは前述《ぜんじゅつ》した。

万次郎は、三か月ほど高知で勤《つと》めると、七月七日（旧）に出立《しゅったつ》した。しかし後藤に伴《ともな》われて、土佐藩のために外国船を買いに長崎《ながさき》へ行き、そのあと鹿児島《かごしま》に帰るつもりである。与惣次《よそうじ》と中《なか》ノ浜《はま》から付いてきた池道之助《いけみちのすけ》が供《とも》をしたが、後藤《ごとう》の供まわりもいた。

旅路のどこでも、幕府《ばくふ》の評判《ひょうばん》はよくない。

万次郎《まんじろう》は、後藤に対し「この男は信頼《しんらい》できる」と心を許《ゆる》していた。長崎への旅を共にしながら、つっこんだ話もできた。後藤は、日本の現状《げんじょう》をよく見ていた。

「貿易《ぼうえき》でも、日本の商人が外国の商社にだまされ、代金を払《はら》ってもらえなくても、日本に裁判権《さいばんけん》がなくて、泣《な》き寝入《ねい》りだそうですね」

「そうです。わが国は、外国の半植民地ですよ」

そういった万次郎の胸《むね》に、ホーツン事件《じけん》の怒《いか》りがよみがえってきた。あの事件から、「国民を守ろうとしない幕府なんぞ、つぶれてしまえ！」と心で叫《さけ》びつづけていた。

ホーツン事件　万次郎は、妻《つま》を失くした年の暮《く》れ、捕鯨《ほげい》に出た。小笠原《おがさわら》を基地《きち》に、約一か月でマッコウクジラ二頭をあげ、父島にもどったとき、事件は起こった。実弾《じつだん》入りの拳銃《けんじゅう》をもち、船の備品《びひん》を盗《ぬす》もうとした、強盗未遂《ごうとうみすい》事件である。

犯人《はんにん》のアメリカ人ホーツンと共犯者《きょうはんしゃ》を逮捕《たいほ》し、横浜《よこはま》のアメリカ領事《りょうじ》に証拠《しょうこ》と証人《しょうにん》を添《そ》えて突《つ》きだした。ところが幕府は、アメリカ側につよく反発されると、それが事実をゆがめた、不当性《ふとうせい》を百も承知《しょうち》で、「万次郎が逮捕など余計《よけい》なことをした」と、腰砕《こしくだ》けになり、逆《ぎゃく》に、犯人に賠償《ばいしょう》を払《はら》う立場に変わった。これで、万次郎の怒りは、治まらないままである。

「しかも、国内で日本人どうし、戦争するどころでないでしょう。幕府《ばくふ》をなくして、万民《ばんみん》が平等で、すべての国民が大事にされる日本にしたいです。国民の気持ちが政治《せいじ》を動かすように。それには選挙で選ばれた人が議会で話し合い、国の進路を決めてほしいです」

万次郎《まんじろう》の意見に、後藤《ごとう》は大きくうなずいた。

「中浜《なかはま》先生の言われるよう、理想をかかげて、世直しをやってみたいですね」

七月二五日長崎《ながさき》につくと情報《じょうほう》がはいった。幕府《ばくふ》軍は、いたるところで長州《ちょうしゅう》軍に敗北しているらしい。

「後藤さん、日本が大きく変わっています。これからの土佐《とさ》は、自力を養ってつよくなることです。そのために役だつ船をみつけましょう」

長崎で売り物の外国船を見てまわった。長崎で、後藤は坂本竜馬《さかもとりょうま》に会っている。

元土佐藩士《はんし》の坂本は、勝麟太郎《かつりんたろう》の門人で、勝から航海術《こうかいじゅつ》を学び、薩摩《さつま》の援助《えんじょ》で「亀山社中《かめやましゃちゅう》」という海上運送の商社をつくった。ふつうの品ばかりか、兵器を輸入《ゆにゅう》する仲立ちまでやる。

その商社とか、貿易とかの考え方は、もとは、万次郎の海外知識《ちしき》から発したものである。

坂本も若《わか》いとき、高知《こうち》で万次郎の話を聞いている。坂本が学んだ河田小龍《かわだしょうりょう》は、万次郎の海外知識に傾注《けいちゅう》して、坂本にそれを及《およ》ぼしたとみられている。

坂本が、対立していた薩摩と長州を近づけ、「両藩が同盟《どうめい》して幕府を討《う》てば、日本を変えられる」と心を砕《くだ》いて行動したのは、この年だった。

さて、長崎《ながさき》まで求めにきた船だが、よい船が見当たらない。

「後藤さん、シャンハイにいきましょう。シャンハイなら、ほしくなる船がありますよ」

その相談をしていたとき、おどろくべき報《しら》せが入った。

「長州《ちょうしゅう》軍に攻《せ》められ、小倉城《こくらじょう》は落ちました。八月一日です。幕府《ばくふ》軍は小倉城を炎上《えんじょう》させて逃《に》げました」

これには、後藤《ごとう》も万次郎《まんじろう》も、「まさか」と思うほどだった。

「びっくりさせますな。小倉城は長州攻《ぜ》めの幕府軍の拠点《きょてん》ですきに。中浜《なかはま》先生、小倉が、こんなに早く落ちるようでは、幕府軍にまったく勝ち目がありませんね」

「そう思います。幕府もまったくたよりなくなった」

そんな国内情勢《じょうせい》を横目に、八月二五日、万次郎は後藤とともにアメリカ船でシャンハイにいき、注文の契約《けいやく》をすませた。買ったのは、鉄製《てっせい》の蒸気船《じょうきせん》が三隻《せき》、木造帆船《もくぞうはんせん》の二隻である。

万次郎は一〇月に、再《ふた》びシャンハイへ行き、上海造船所《ぞうせん》で、蒸気船「南海丸」の建造《けんぞう》を監督《かんとく》したり、海上一〇里ばかり、南海丸の試《ため》し乗りもした。

この五隻は、長崎で受けとっている。それらの用件《ようけん》がすむと、長らく留守《るす》にしている家が気がかりなので、万次郎はいったん江戸《えど》に帰った。

年明けの慶応《けいおう》三年の正月から二か月ほど家族とすごすと、再び鹿児島《かごしま》に向かい、四月から開成所で授業《じゅぎょう》を再開《さいかい》した。購入《こうにゅう》した外国船を用い、航海術《こうかいじゅつ》の実習もおこなっている。

その四月、坂本竜馬《さかもとりょうま》は、後藤《ごとう》の提案《ていあん》で亀山社中《かめやましゃちゅう》を土佐藩《とさはん》の「海援隊《かいえんたい》」とした。土佐が買った船を動かして、貿易《ぼうえき》や海上輸送《ゆそう》で土佐の財政《ざいせい》を豊《ゆた》かにし、いざとなれば、大砲《たいほう》をつんで海軍となる。坂本も「土佐藩《とさはん》二四万石を海援隊《かいえんたい》が動かし、天下を変えていくぜよ」と、意気に燃《も》え、その隊長を受けた。

鹿児島《かごしま》で教育にあたっていた間にも、日本国内では、外国貿易と戦争のため、ひどい物価上昇《ぶっかじょうしょう》で、暮らせなくなった民衆《みんしゅう》の暴動《ぼうどう》や百姓一揆《ひゃくしょういっき》が、すごい勢《いきお》いで広がっていた。

今までの幕府《ばくふ》の政治《せいじ》に対する、民衆の怒《いか》りのたかまりだった。

――わたしは薩摩《さつま》と土佐の船の買い付けをしてきたが、あれらの船は、開成所の学生たちや、海援隊の力で、新しい世の中を呼《よ》び寄《よ》せるために働いてくれるだろう。

万次郎《まんじろう》は、一一月一一日、薩摩での任期《にんき》が終わり、江戸に戻《もど》ることになった。

別れを告げるとき、伊地知《いじち》がそっと打ち明けた。

「世の中変わりもした。将軍徳川慶喜《しょうぐんとくがわよしのぶ》さまは、土佐の山内公《やまうちこう》のおすすめどおり、朝廷《ちょうてい》に『大政奉還《たいせいほうかん》』された。まさかと思うておったが、思いきったことをなさったもんでごわす」

幕府が消えた。万次郎は、すぐには声が出せなかったほど、これにもおどろいた。

大政奉還とは、朝廷から政治をまかされ、二六五年つづいた徳川《とくがわ》幕府が、朝廷に政治の実権《じっけん》を返上したことである。

「薩・長・芸（安芸藩《あきはん》）は、朝廷から『幕府を討《う》て』の密勅《みっちょく》を受けたばかりでごわす。でも、幕府が消えては、戦になり申さぬ」

万次郎には、まだ信じられないで、つぶやいた。

「戦わずして、世の中よう変わるとよろしいが」

「西郷《さいごう》（隆盛《たかもり》）どん、大久保《おおくぼ》（利通《としみち》）どんは、朝廷《ちょうてい》に大政《たいせい》を返しても、公家《くげ》どもに政治《せいじ》はでけん。やはり徳川《とくがわ》の思い通りにされるというちょりもす」

――将軍職《しょうぐんしょく》を投げ出したとて、徳川《とくがわ》家は天下一の四〇〇万石の領土《りょうど》をもち、最強の陸海軍をかかえ、大名たちの頂点《ちょうてん》にある。「大政奉還《たいせいほうかん》」は徳川の生き残る道ではなかったか。

万次郎《まんじろう》は考えすぎて疲《つか》れた。長崎《ながさき》で、中《なか》ノ浜《はま》から同道した池道之助《いけみちのすけ》と別れるきわに、

「わたしは、頼《たよ》りにしてくれた母をほたくっちょいて、勝手な道を歩いている不孝《ふこう》者です。せめて老後の不自由なきよう、これを渡《わた》してくれませんか」

と金一〇両をあずけた。一〇両とは、舟《ふね》を持たない漁師《りょうし》には、一〇年働いても得られるかどうかの大金である。

「大政奉還」に関係して

後藤象二郎《ごとうしょうじろう》は坂本竜馬《さかもとりょうま》と、長崎から兵庫《ひょうご》へ行く船で、山内容堂《やまうちようどう》にさしだす意見書、これからの日本を構想《こうそう》した「船中八策《せんちゅうはっさく》」をねっていた。山内容堂は、その八策に満足して、将軍《しょうぐん》に建白《けんぱく》書をしたためた。八策での第一の提案《ていあん》は、「将軍が大政を朝廷に奉還すること」だが、第二条《じょう》の提案も見落としてはならない。万次郎のいってきた選挙による議会制度《せいど》をとり入れている。

「議会を二院に分け、上は公卿《くぎょう》より下は陪臣藩士《ばいしんはんし》や庶民《しょみん》に至《いた》るまで、正明、純良《じゅんりょう》の士を選挙で選ぶべし」

万次郎《まんじろう》は、一切《いっさい》の身分をなくして、すべての国民が参加できる選挙を願っていたが、武士《ぶし》が進めた改革《かいかく》では、武士より下の階層《かいそう》は同じ国民と考えていない。大きなちがいがあった。

4 薩摩屋敷《さつまやしき》の炎上《えんじょう》

万次郎《まんじろう》が江戸《えど》に着いたのは、旧暦慶応《きゅうれきけいおう》三年の暮《く》れだった。そのころ江戸では、すさんだ強盗事件《ごうとうじけん》があいつぎ、市民は寄《よ》るとさわるとその話ばかり。

「いやな時代だ。火付け、強盗、怖《こわ》くて眠《ねむ》れやしねえ」

「播磨屋新右衛門《はりまやしんえもん》さんとこじゃ、一万五千両盗《と》られたんだと。よくも、そんな大金あったもんだ。おれたちゃ夢《ゆめ》にもおめにかかれやしねえのによ」

「いやいや、蔵前《くらまえ》の伊勢屋《いせや》じゃ、三万両も奪《うば》われたとよ。上には上があらあ」

帰りの道で、通りかかった万次郎は、声をかけた。

「まだ、犯人《はんにん》の見当はつかないのですか」

「それがね、分かってまっさ。あの浪人《ろうにん》どもは、三田《みた》の薩摩屋敷に巣くっとるのさ。何人も証人《しょうにん》がいるんで、まちげえねえだ」

「ところがよ。薩摩屋敷となると、幕府《ばくふ》の腰抜《こしぬ》け役人ども、怖がって踏《ふ》みこめねえのさ」

「けさも目が覚めねえ朝っぱらから、お城《しろ》の二の丸の火事だ。あれも薩摩《さつま》のしわざだとな」

万次郎は、ガーンと殴《なぐ》られたような気がした。

——犯人《はんにん》は浪人《ろうにん》でも、薩摩が後《うし》ろ盾《だて》だ？　薩摩がそんなことを、考えられない。先月まで薩摩藩《はん》のためにつとめてきて、わたしは薩摩《さつま》びとの気質《きしつ》にほれてきたところだ。でも、町の衆《しゅう》のいうことも、まんざらウソでもなさそうである。

江戸《えど》城《じょう》、二の丸の火事は、万次郎《まんじろう》が自宅《じたく》に着く前のことだが、これは証拠《しょうこ》がないようだ。しかし同じ二三日の晩《ばん》、市中の治安にあたっていた庄内藩《しょうないはん》の屯所《とんしょ》が銃撃《じゅうげき》され、庄内藩や幕府《ばくふ》の兵が反撃《はんげき》したら、犯人は薩摩屋敷《やしき》に逃《に》げこんだという。

そういうことがあって、万次郎が帰宅《きたく》したばかりの二五日は、早朝から幕府の兵が出動して、薩摩の三田屋敷《みたやしき》を包囲し、犯人の引き渡《わた》しを求める騒《さわ》ぎだった。

芝新銭座《しばしんせんざ》の江川《えがわ》屋敷は現場《げんば》に近い。霜柱《しもばしら》をふみつつ幕府の一隊がやってきて、白い息を吐《は》きながら、銃砲《じゅうほう》練習場で戦いの出番を待っていた。

万次郎の家は、別棟《べつむね》でも江川屋敷の敷地内《しきちない》だから、知らぬではすまない。江川家とともに、女、子どもたちまで、戦場まぢかの炊《た》き出し、むすびにぎりでおおわらわだった。

薩摩屋敷では、押《お》し問答《もんどう》がかなりつづいたようすである。

「犯人を引き渡せ。ここに逃げこんだのを見ておる」

「そげな者はおり申さぬ。お引き上げなされ」

談判《だんぱん》が決裂《けつれつ》すると、すさまじい戦いがはじまった。昼間から街の火消しが、ものものしく警戒《けいかい》していたが、火の手が上がったのは、夕刻《ゆうこく》である。

あちらこちらの櫓《やぐら》から、火事を知らせる早鐘《はやがね》がせわしく鳴った。

ばしばしと、木材がはじけて燃《も》える音、折からの西風で、煙《けむり》が灰《はい》とにおいをともなって流れてくる。

万次郎《まんじろう》も、鎧《よろい》、兜《かぶと》はつけなくても、十字のたすきに、はち巻《まき》、袴《はかま》の裾《すそ》をあげ、刀を差した。生まれてはじめて出動の出《い》で立《た》ちだ。命令はなくても、幕臣《ばくしん》の端《はし》くれである。

しかし、相手が薩摩藩《さつまはん》となると、敵《てき》には思えず、複雑《ふくざつ》な気持ちだ。

大砲《たいほう》の訓練所がある江川屋敷《えがわやしき》には、火薬があるので、竜吐水《りゅうどすい》という大きな箱に車のついた消防《しょうぼう》ポンプがある。それを小屋から引き出してきて、箱に水を満たしておく。

暗くなると、火の粉が飛び上がっては散って、まるで花火のよう。薩摩屋敷は土地が広く、すぐ隣《となり》に燃《も》え移ることはないが、飛びくる火の粉のもらい火が心配だ。

万次郎も、火消しといっしょに火ばたきを持って屋根に上がった。

薩摩屋敷からは少し離《はな》れているが、たまに風が大きな火の塊《かたまり》を飛ばしてくる。油断《ゆだん》はできない。下には桶《おけ》や盥《たらい》の類《たぐい》にも、水がはってあり、屋敷の者、応援《おうえん》の者、ずらりと火ばたきを立てて、火の粉を叩《たた》き消すためにかまえていた。

火事は、夜のうちに収《おさ》まったが、こんな情報《じょうほう》がもちこまれた。

「聞きましたよ。薩摩の連中、船でごっそり逃《に》げたそうですぜ。海に蒸気船《じょうきせん》を用意しといたと。幕府《ばくふ》の方も、あわてて船をまわして追いかけたが、追いつきゃあしねえ。なんか間抜《まぬ》けた話ですなあ」

江川屋敷は海浜《かいひん》にある。警戒《けいかい》していた江川の手代《てだい》が、うわさより早く知っていた。

薩摩屋敷《さつまやしき》で浪人《ろうにん》どもを指揮《しき》していたという益満休之助《ますみつきゅうのすけ》が逮捕《たいほ》された。どうやら味方を逃《に》がすために、時間かせぎを演《えん》じて、わざと捕《つか》まったらしい。

万次郎《まんじろう》たちの知るところでないが、京の薩摩屋敷に、焼《や》き討《う》ちの報《しら》せがいくと、薩摩軍の指揮者《しきしゃ》、西郷吉之助《さいごうきちのすけ》はほっこり顔をゆるめて、「そうか、益満はうまくやりもうしたか」とうなずいた。江戸《えど》の一連の事件《じけん》は、西郷が糸をひいて、やらせたことだった。

幕府《ばくふ》のほうから戦争の火をつけた焼き討ちは、薩摩の望みどおりになったのである。

大政奉還《たいせいほうかん》のあとで、薩摩や長州《ちょうしゅう》は、幕府に不満の公家《くげ》の味方と、あっというまに徳川《とくがわ》ぬきで新政《しんせい》府《ふ》をつくった。そして、「徳川の領地《りょうち》すべて朝廷《ちょうてい》に返せ」と無理難題《むりなんだい》を押《お》しつけた。

ところが、多くの大名が「新政府とは、薩摩、長州が主君を裏切《うらぎ》って幕府を奪《うば》ったもの。けしからんことだ」と反発し、薩・長は孤立《こりつ》した。そこを土佐《とさ》の山内容堂《やまうちようどう》、福井藩主《ふくいはんしゅ》の松平慶永《まつだいらよしなが》（号は春嶽《はるたけ》）の仲介《ちゅうかい》で、戦争にならないよう、徳川が納得《なっとく》する話し合いで、年末にはおだやかに解決《かいけつ》していた。

それなのに、「もう許《ゆる》せん。にくい盗《ぬす》っ人《と》、薩摩を一掃《いっそう》してしまえ」と旧《きゅう》幕府軍は、まんまと薩摩の挑発《ちょうはつ》にのって暴発《ぼうはつ》する。

慶応《けいおう》四（一八六八）年一月二日、大坂湾《おおさかわん》で旧幕府の軍艦《ぐんかん》が薩摩船を攻撃《こうげき》した。三日には、鳥羽《とば》、伏《ふし》見《み》の戦いで、戊辰《ぼしん》戦争が始まった。数では三倍の一万五千、優勢《ゆうせい》とみられた旧幕府軍《きゅうばくふぐん》が、わずか五千の薩《さつ》・長軍《ちょうぐん》に敗れた。

薩《さつ》・長《ちょう》側は、朝廷《ちょうてい》を味方にして官軍《かんぐん》（天皇《てんのう》の軍隊）となり、土佐《とさ》なども加わって、二月には錦《にしき》の御旗《みはた》をうちたて、五万の大軍が江戸《えど》へ進みはじめた。天下分け目の大戦争である。

ところが、徳川慶喜《とくがわよしのぶ》は戦う気なく、勝麟太郎《かつりんたろう》に和平をまかせた。そこまでは、万次郎《まんじろう》の関《かか》わることでないが、万次郎は、その勝に呼《よ》び出された。

「むずかしいことだが官軍との和平は、ちゃんとやってみせるさ。おれはやる。だがな、相手のあることだ。もしも談判《だんぱん》がうまくいかなきゃ、そんときはだな」

勝は自信たっぷり、余裕《よゆう》さえみせた。

「おれは、うまく官軍を江戸市中に引きこむ。そこを、四方八方から一斉《いっせい》につけ火して、五万の敵《てき》を焼き殺すのさ。火消しの新門《しんもん》の辰五郎《たつごろう》に相談して、その準備《じゅんび》はもう万全《ばんぜん》だ。だがな、問題は、江戸の町の衆《しゅう》を、のこらず無事に逃《に》がしてやる手はずだ」

勝の話では、江戸近辺の漁師《りょうし》たちにたのんで、舟《ふね》で市民を避難してもらうのだという。

「あんたは、漁師仲間の神さまだ。その申し入れにまわってくれよ。な、たのんだぜ」

舟をどれだけ集められるか。それに万一、火をつけるとなった寸前《すんぜん》に、避難民《ひなんみん》を海岸に集め、舟に誘導《ゆうどう》もする。それもたいへんだ。さあ、万次郎は忙《いそが》しくなった。

こちらの作戦は秘密《ひみつ》のままに、西は神奈川《かながわ》から、東は行徳《ぎょうとく》、姉ケ崎《あねがさき》の方面にも、舟持ちの網元《あみもと》たちの協力を得る。そのために陣笠《じんがさ》をかぶり、陣羽織《じんばおり》をはおって騎乗《きじょう》の人となり、浦々《うらうら》を走りまわっては、有力者に近辺の漁港のとりまとめまでたのむのだった。

一方、勝と西郷《さいごう》は、両軍の代表として会見し、「お互《たが》いのために、穏《おだ》やかに解決《かいけつ》しよう」と話しあい、江戸城《えどじょう》は開け渡《わた》し、徳川慶喜《とくがわよしのぶ》は水戸《みと》で謹慎《きんしん》することで和解《わかい》した。

江戸の戦火は避《さ》けられたので、万次郎《まんじろう》が、舟《ふね》を集める必要もなくなった。

さて薩《さつ》・長軍《ちょうぐん》に屈服《くつぷく》しない若い旗本たちの彰義隊《しょうぎたい》は、上野《うえの》の山で官軍《かんぐん》と戦ったが、ひとたまりもなく敗れた。あくまで薩・長をゆるすな、と戦った長岡《ながおか》、会津《あいづ》、仙台《せんだい》、庄内《しょうない》など三七藩《はん》の「奥羽越《おううえつ》列藩同盟《れっぱんどうめい》」も敗れ、箱館《はこだて》戦争でも新政府《しんせいふ》と戦った旧幕府軍《きゅうばくふぐん》の一部も、さいごには降服《こうふく》して、戊辰《ぼしん》戦争は終わった。このような動乱《どうらん》を経《へ》て「明治維新《いしん》」を迎《むか》えたのである。

十二　維新後《いしんご》（一八六八～七〇年）

1　深川《ふかがわ》の土佐屋敷《とさやしき》

維新によって幕府《ばくふ》はきえても、徳川家《とくがわけ》はのこった。領地《りょうち》は、四〇〇万石から静岡《しずおか》七〇万石に減《へ》らされた。それでは家臣たちを養えない。万次郎《まんじろう》も辞職《じしょく》した。（幕臣《ばくしん》は徳川の家臣と同じ）

すると、土佐藩《とさはん》からよびだされたので、江戸深川にある下屋敷《しもやしき》に参上し、江戸づめの家老に対面した。

「本日、おまんにきてもらったは、ほかでもない。わが藩にもどってこいとの、老公のおはからいじゃ。殿《との》からは、馬廻《うままわ》り役をとの仰《おお》せで、一〇〇石を賜《たまわ》る。どうじゃ、ありがたくお受けいたせ」

「はーっ、ほりゃあ、身にあまる光栄にぞんじます」

「よしきまった。老公がお待ちかねだ。お目通りをゆるされる。あちらへ参られよ」

土佐は万次郎の故郷《ふるさと》だ。山内容堂《やまうちようどう》は前藩主《ぜんはんしゅ》だが、貧《まず》しい漁師《りょうし》の自分を、前例のない武士《ぶし》に登用した殿《との》さまだった。いまは新政府《しんせいふ》の要職《ようしょく》にあり、たまたま江戸にきていた。

万次郎は、ひろい庭園が見わたせる座敷《ざしき》にとおされた。

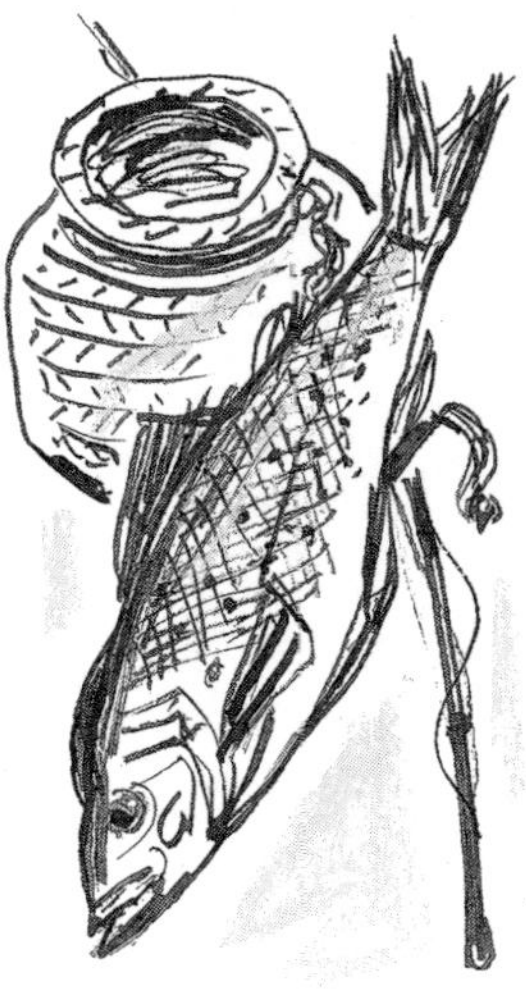

（大名は江戸《えど》に、公的な上屋敷《かみやしき》、控《ひか》えの中屋敷《なかやしき》、郊外《こうがい》に私的にも用いた下屋敷《しもやしき》、三つの屋敷を持っていた。）

「ご尊顔《そんがん》を拝《はい》し奉《たてまつ》り、恐悦至極《きょうえつしごく》に存《ぞん》じ上《あ》げまする」

容堂《ようどう》は、たいへんなご機嫌《きげん》だった。

「苦しゅうない。どうかのう、幕府《ばくふ》がのうなって、その方も自由じゃ。予の許《もと》にもどってまいれ」

「ははーっ、ありがたき幸せにぞんじ奉ります」

「どうだ、この庭は」

うっそうとした繁《しげ》み、緑をうつした大きな池、馬で走りたくなる原野のような広がりが森かげにつづく。土佐《とさ》のお国柄《くにがら》なのか、豪快《ごうかい》さをかんじる庭である。

「驚《おどろ》き入りました。さすが土佐の藩邸《はんてい》でございます。このお池の深みも、ただの庭池ではありませぬようで。あちらに釣《つ》り舟《ぶね》が見えますが、お庭から海へと……」

「さよう、どうじゃ、予と釣りに出てみるか。ボラにアナゴ、アジとか江戸湾《えどわん》の魚じゃ」

「おそれ入ります。いえ恐悦至極、殿《との》と釣りとは、またとない幸せでございまする」

「うん、冬になればこの池にカモがおりてくる。まもなくだ。正月はカモの雑煮《ぞうに》だな。はっはっは……」

屋敷の中間《ちゅうげん》が釣りの用意をととのえ、舟をあやつって池から掘割《ほりわり》へ。ややいくと、あっと視界《しかい》がひらけ、光のまばゆい海にでた。江戸湾は凪《な》いでいた。

釣果《ちょうか》は、容堂がスズキの大物ふくめ四尾《び》、万次郎《まんじろう》も五尾をあげて、座敷《ざしき》にもどった。

「どうじゃ、この屋敷《やしき》は。気に入ったか」

「天下一でございましょう。海釣《うみづ》りも、カモ猟《りょう》もとはおどろきます。七千坪《つぼ》とうかがいましたが、このひろさ……」

容堂《ようどう》は、万次郎《まんじろう》の顔を見つめてほほえんだ。

「うむ、気に入ったらよい。この屋敷はその方にくれてつかわす」

「とんでものうございます。ご冗談《じょうだん》をおおせられては」

「いや、冗談ではない。そちが土佐《とさ》から幕府《ばくふ》にうばわれて、江戸にいってしもうたとき、『えい、宝《たから》をとられたか』と残念な思いをした。だがな、そのおかげで日本は開国し、いまや新しく出直そうとしておる」

身体《からだ》を前にかたむけ、容堂はささやき声でいった。

「予《よ》は知っておるぞ。後藤象二郎《ごとうしょうじろう》の八策《はっさく》は、坂本竜馬《さかもとりょうま》の策ともいいよるが、まっこと八分は、かねてからのその方《ほう》の意見じゃった。その方はむずかしい立場ゆえ、名を表に出せぬが、予はそれで天下に面目《めんぼく》をほどこした。この屋敷はその褒美《ほうび》じゃよ」

「ご厚情《こうじょう》、まことに身にあまりまする。それほどには……」

「遠慮《えんりょ》はいらぬ。幕府なきいま、江戸屋敷は一つでも多い。三つはいらぬ。万次郎ならこの屋敷をうまく使ってくれよう」

「ははーっ、殿《との》のご信頼《しんらい》、これに過《す》ぎる光栄ございませぬ。万次郎は幸せ者でございます」

ひれ伏《ふ》した万次郎《まんじろう》は、あふれる涙《なみだ》をおさえられない。

――これほどまでにそれがしを理解《りかい》してくださるとは、なんちゅうこと……。

容堂《ようどう》は、万次郎が表だっては口だししないが、日本の政治《せいじ》のもっとも重要な場で、じっさいには、舵《かじ》とりに方向をしめした人物であると見てとっていた。

しかも偉《えら》ぶらず、手柄《てがら》を顔にも口にも表さない。そのつつましさも愛されたのだった。

こうして万次郎は、広大な庭のある屋敷《やしき》をたまわった。芝新銭座《しばしんせんざ》の江川家《えがわけ》の屋敷《やしき》から、この下屋敷《しもやしき》にうつり、一三年間そこに住むことになる。

（その屋敷跡《やしきあと》に現在《げんざい》は、江東《こうとう》区立北砂《きたすな》小学校がある。）

万次郎は、土佐藩士《とさはんし》にもどって一〇〇石どり。馬廻《うままわ》り役は、殿《との》の身近にいられる格式《かくしき》の高い地位だった。給与《きゅうよ》は高くないが、はじめて武士に登用されたときと比《くら》べたら、五、六〇倍にはなりそうである。


明治維新《いしん》と文明開化　明治の新政府《しんせいふ》は、万次郎の意見を反映《はんえい》した「四民平等《しみんびょうどう》」の看板《かんばん》を、はじめのうちは掲《かか》げていたが、新しい身分制度《せいど》をつくった。

大名たちは「華族《かぞく》」、武士《ぶし》は「士族」、百姓《ひゃくしょう》身分であった農漁・工・商などは「平民」、さらにその下に人間扱《あつか》いされなかったエタ、非人《ひにん》が「新平民」となり、それら国民の上には、天皇《てんのう》と「皇族《こうぞく》」がそびえていた。すべての国民に差別がなく、平等になる世の中にする万次郎の夢《ゆめ》は実現《じつげん》しない。

明治四年ごろには、キリスト教が黙認《もくにん》となった。文明開化のうねりは、人びとの風俗習慣《ふうぞくしゅうかん》を変えた。

チョンマゲを切ったり、刀をささなくなったり、暗い行灯《あんどん》から石油ランプの明るさに変わった。郵便《ゆうびん》の制度ができ、鉄道が走るようになる。これもたしかに進歩だ。

東京の銀座《ぎんざ》では、レンガや石造《いしづく》りの建物、洋服姿《ようふくすがた》が目だち、レンガの道を馬車や人力車が走り、ガス灯《とう》が町を華《はな》やかにしたが、万次郎《まんじろう》には、それはごまかしの進歩に見えた。

——ほんとうの進歩は、人と人に上下なく、まずしい国民も大事にされることではないのか。

文明開化で、明るくなったのは、ごく一部の恵《めぐ》まれた人だけであった。

2　欧米視察《おうべいしさつ》の旅

明治にはいって二年め、政府《せいふ》は各藩《かくはん》のすぐれた人材をあつめ、政府の役につかせた。

万次郎は、三月に、今日の東京大学の前身で、国立の最高学府であった開成学校の英語教授《きょうじゅ》に任命《にんめい》された。

ところが、一年半もたたない明治三年の夏、開成学校に、元薩摩藩士《もとさつまはんし》、大山弥助《おおやまやすけ》（巌《いわお》）の来訪《らいほう》を受けた。

大山はかつて万次郎に英語を学んでいる。いまは明治陸軍を統率《とうそつ》する地位にあった。

「やあ、しばらくでごわす。先生お変わりなく。きょうは願いたかこつあってきました。先生に欧《おう》州《しゅう》視察《しさつ》に加わってほしいどす」

「ほう、それは……」

万次郎《まんじろう》は、久《ひさ》しぶりに海外の空気にふれてきたかった。自分の知っている西欧《せいおう》文明は、さらに進歩しているだろう。行きたい。だが心配な点がある。

「視察《しさつ》の目的は、なんでしょう」

「ご存知《ぞんじ》でしょうが、つい先月、プロシャとフランスが戦争を始めもした。もっとも進歩した戦争のやり方、新式の武器《ぶき》、用兵の動かしかた、そんなこつ観《み》てきて、政府《せいふ》はこれからの軍備《ぐんび》を考えたい。おいどんや先生も入れて、五人の視察団《しさつだん》を派遣《はけん》いたしもす」

「よろこんでお受けしましょう。参加させてください」

と、返事してしまったが、気になっているのは足の指の腫《は》れものだった。それほど痛《いた》みもないので、そのうち治るだろうと気にしなかったが、しだいに広がり、近ごろはうずくようになってきた。

視察の旅は戦場の近くにいくだろう。かなり歩くことを覚悟《かくご》すべきだ。ちゃんと治療《ちりよう》して、薬も一年分ほど用意しておく、と心にきめた。

しかも視察団《しさつだん》の旅の日程《にってい》がかたまると、うれしいことに、ヨーロッパよりも先に、アメリカ大陸横断《おうだん》の計画があった。そして、ニューヨークからイギリス船で大西洋を渡る。

――ニューヨークにいくなら、フェアヘーブンへ、キャプテン・ホイットフィールドに会いにいきたい。足のことよりも参加しなければ、死ぬまで悔《く》いをのこす。

ところが、足を診察《しんさつ》した医師《いし》は、くびをかしげた。

「これは、ただの出来物じゃない。ふつうなら、膿《うみ》の根っこを除《のぞ》けばすぐ治る。しかし、これはちがいます。西洋にお出かけなど無理ですな。悪くすると歩けなくなります」

万次郎《まんじろう》はこまった。最近の足のようすは、医師のことば以上に、むしろ、自分の身体《からだ》の末端《まったん》である足が、指から腐《くさ》っていきそうな、不気味な怖《おそ》れさえあった。海外で悪化すれば、視察団《しさつだん》に迷惑《めいわく》をかける。

しかし、ニューヨークにも滞在《たいざい》できそうだとなれば、もうことわる気になれない。フェアヘーブン訪問《ほうもん》の可能性《かのうせい》は夢《ゆめ》ではないのだ。それならと万次郎は決意した。

――ホイットフィールド船長夫妻《ふさい》に会うためなら、わたしは、死ぬような辛《つら》さにも耐《た》えよう。迷《まよ》わず必ずいく。

視察団は五名のほか、藩《はん》の命令で参加する二名を加え、九月二四日（新）、アメリカ汽船で横浜《よこはま》を出港、サンフランシスコへむかった。

万次郎は、「通訳《つうやく》」としてではないが、ときには通訳も兼《か》ねた。大山《おおやま》の部下は、汽車や馬車など交通機関やホテルの手配、銀行の利用などで、万次郎にかなり助けられた。

横浜からサンフランシスコには、二四日で着港した。

――ここには、ちょうど十年毎《ごと》にきて三回めだ。一回めは金山へ、二回めは咸臨丸《かんりんまる》であった。

一行はシカゴへ、そして大陸横断《おうだん》鉄道で、ニューヨークに一〇月二八日（新）着の予定である。幸運だった。イギリスゆきの船は、一一月二日出港だから、視察団《しさつだん》は五日間も滞在《たいざい》する。

——神のおはからいか。望みどおりだ。せわしいが、この間にフェアヘーブンへいこう。足の痛《いた》みは、きびしくなってきたが、万次郎《まんじろう》は、すぐに汽車の時刻表《じこくひょう》をしらべた。

——元気でいるだろうか。キャプテン・ホイットフィールド、はやくお会いしたい。父のように慈《いつく》しんでくれた少年の日々……。あの手のひらの温《ぬく》もり、やさしい眼《め》……。孤島《ことう》で救助《きゅうじょ》され、学校で高等教育までして、自由に育ててくれた。あふれるようなご恩《おん》に、まだなにも報《むく》いてなかった。

——どんなことばでも、いいつくすのは無理だ。それでも、わたしの気持ちをつたえたい。金山に行くときは、そのまま帰国するか、はっきりしていなかったので、きちんと、お礼の挨拶《あいさつ》すらしていなかった。申しわけなさが二〇年の間、ずっと心にのこっていた。再会《さいかい》してお礼をいわなくては、それは、心に秘《ひ》めていた悲願《ひがん》であった。

3　もうひとつの故郷《ふるさと》

早朝の汽車でニューヨーク駅をたち、マンスフィールドで乗りかえ、ニューベッドフォード駅でおりると日没《にちぼつ》をむかえた。足がひどくいたむので、フェアヘーブンへ、万次郎は馬車を走らせた。なつかしい第二の故郷《こきょう》の、夜景の移動《いどう》に目をこらしながら。そして農場の家に着く。戸をたたいて声をかけた。

玄関《げんかん》に現《あらわ》れたホイットフィールド船長の、大きくひらいた瞳《ひとみ》におどろきの色がはしった。

「キャプテン、ジョン・マンです。キャプテン！」

くい入るような目でみつめた船長も、一瞬《いっしゅん》おくれて声を発した。

「おおっ、ジョン・マン。……たしかに、君はジョン・マンだ」

大きく腕《うで》をひろげた船長が、万次郎《まんじろう》をだきしめた。万次郎も船長の背《せ》に、かたく手をまわした。

「キャプテン、うれしいです。お会いできて……」

万次郎は船長の肩《かた》に顔をうずめた。心の鼓動《こどう》のひびきが伝わる。涙《なみだ》がわいた。

――この瞬間《しゅんかん》を、二〇年も待ちつづけてきた。あれほどのご恩《おん》をこうむりながら、わたしは……、
お礼のことばも残さず、去ってしまった。

髪には白いものが混じり、濃いひげが色あせて、二〇年の歳月を感じさせた。

「キャプテン、お会いしたかった。すみません。どうしても来ることができなくて」

船長は腕をとくと、両肩《りょうかた》をつかんで、四三歳《さい》になった万次郎の顔をじっと見つめた。

「いや、ジョン・マン。こんなにりっぱになった君に会えるとは、わたしは夢《ゆめ》のようだ」

船長は家の奥《おく》にむかって、声をあげた。

「おうい！　ジョン・マンだ。ジョン・マンが帰ってきたぞう」

アルバティーナ夫人があらわれた。びっくりして立ち止まり、そして走りよって、

「あらーあ、ジョン・マンね、ほんとにジョン・マンだわ。りっぱになって……」

つつむような、やさしい抱擁《ほうよう》であった。夫人は美しさを失っていない。

「たいへんなお世話になっていたのに、ミセス・アルバティーナ。ごぶさたのままで、ごめんなさい」

「うれしいわ。ほんとに、きてくれたのね」

――日本に帰国したのも、夫人の思いやりあることばで決意したのだ。いまや日本は、世界にむけて開国し、世界の国ぐにと交流している。

部屋にはいると、ふたりの子を紹介《しょうかい》してくれた。

一七歳《さい》の長女、アルバティーナと、一五歳《さい》の次男、マーセラスである。

万次郎《まんじろう》のおみやげは、当時アメリカで貴重《きちょう》とされた日本の絹《きぬ》の服地だった。

「夕食はまだでしょ。わたしたちはすんだのよ。すぐに用意してあげるわ」

夫人は、あたたかいシチューをつくってくれた。

万次郎は、少年時代と変わらぬ夫妻《ふさい》の愛情《あいじょう》にひたって、「あれから」を語りあった。

……金山での話、ハワイでの帰国の準備《じゅんび》、そしてアドベンチャー号で帰国へ、その後の日本の開国について、日本での変わりようなど。

今回は、政府《せいふ》にえらばれて、欧州《おうしゅう》派遣《はけん》の旅でニューヨークにきたこと。深夜になっても話はつきない。たった一夜しか泊《と》まれなかったが、二〇年間の時空が一挙に短縮《たんしゅく》し、願いがかなえられた一夜であった。

翌日は、旧友《きゅうゆう》が次つぎにかけつけてきた。アレン先生たち三姉妹にも会いにいった。この間は、足の痛《いた》みなど忘《わす》れていた。

船長が、こげ茶色の皮表紙の本を手わたしてくれた。

「君のバイブルだ。たいせつにとってあったよ」

「あ、それ、忘れていません。ぜひ持ち帰りたいです」

ぶあつい重みさえなつかしい。表紙をあけた。

ひとりの友人からジョン・マンに贈《おく》る。自分自身の幸いのため、さらに他《ほか》の人びとの幸いになるような道を、この中から学びとってほしい。

このことばも、少年のころのままだ。胸《むね》に当てると、それだけで、あつい幸せがよみがえってきた。あのときは、日本に持っていけなかった。

万次郎《まんじろう》は、自分の身体《からだ》に自信を失っていた。これが、ホイットフィールド夫妻《ふさい》にお会いする最後の機会になりそうである。別れまぎわ、六六歳の初老の船長にしがみつくと、言うにいわれぬ感情《かんじょう》がこみあげてきた。

日本からフェアヘーブンにいくことは、容易《ようい》でなかったのに、ついに、それが実現《じつげん》できた。個人的《こじんてき》だが、万次郎にとって、これ以上の幸運はない旅となった。

視察団《しさつだん》の一行は、ニューヨークから一一月二日（新）、大西洋をイギリスへ向かった。

一五日、リパプールに上陸、翌日ロンドンまで汽車でいく。

ロンドンの報道《ほうどう》では、フランスの首都パリは、プロシャ軍に包囲され、プロシャが優勢《ゆうせい》らしい。

出発前から心配だった万次郎《まんじろう》の足の痛《いた》みは、ますます悪化した。あるくたびに痛《いた》さにうめいた。ロンドンで医師《いし》に診《み》てもらうと、悲観的《ひかんてき》な結論《けつろん》である。

「これは、すぐには治りませんな。これから寒さがきびしい国にいくのでしょう。より寒い季節にもはいるから、ますます悪くなります。旅はとても無理です。あるけるうちに帰国するがよろしい」

万次郎は迷《まよ》った。

――戦況視察《せんきょう》の任務《にんむ》は、むしろこれからだ。足の痛みなどがまんしても、わたしは国の代表として責任《せきにん》をはたしたい。しかし、もっと悪くなって、あるくさえ不自由になったら、視察団の行動にさしつかえ、公務《こうむ》に迷惑《めいわく》をかけてしまう。

そこで、団長の大山《おおやま》に相談し、つらいことながら、ひとり先に帰国することになった。

一二月一三日（新）、ロンドンで一行とわかれ、イギリス船でスエズ運河《うんが》をとおり、東まわりで帰国した。横浜《よこはま》には三月二日（新）についている。

十三　晩《ばん》年《ねん》（一八七一〜九八年）

1　母との別れ

ヨーロッパへの出張《しゅっちょう》を最後に、病のため、万次郎《まんじろう》は政府《せいふ》の職《しょく》から身をひいた。

このころには、万次郎がめざした日本の近代化は、西洋文明をとりいれるということでは、勢《いきお》いづいて発展《はってん》しつつあった。欧米《おうべい》への留学生《りゅうがくせい》が、新しい西洋の学問を伝え、英語を教授《きょうじゅ》できる人も、かなり増《ふ》えている。しかし、社会を変える近代化はむずかしかった。

「わたしの役割《やくわり》は終わった。ただ、日本に民主主義《みんしゅしゅぎ》が育たなかったのが心残りだが」

足の潰瘍《かいよう》が少しよくなると、自宅《じたく》で英語を教えたり、土佐藩邸《とさはんてい》に出勤《しゅっきん》したりもしていたが、四四歳《さい》のこの年、軽い脳出血《のうしゅっけつ》をおこした。

そのため、一時はことばが不自由になり、下半身のマヒもあり、自宅で臥《ふ》していた。数か月で歩けるほどに回復《かいふく》したが、しばらくは療養《りょうよう》の生活となった。

病の床《とこ》では、しきりに故郷《ふるさと》が思い出される。二年ほどたったころ、たまたま郷里《きょうり》の池道之助《いけみちのすけ》からきた手紙に、足腰《あしこし》おとろえた母のようすが書かれていた。

すると、万次郎《まんじろう》は矢《や》も楯《たて》もたまらず、中《なか》ノ浜《はま》に帰《き》郷《きょう》して老母に会ってきた。母は歳《とし》のわりに病のようすもなく、万次郎に会えたよろこびからか、かなり元気なさまを見せた。

さらに二年後、心に気がかりなことがあって、長男の東一郎《とういちろう》をつれて帰郷した。汽車で横浜《よこはま》へいき、一泊《ぱく》して船に乗った。何度も船を乗りつぐたび、風がつよくても、風がなくても船はでない。そんな船待ち日数がかさんで、中《なか》ノ浜《はま》まで一七日かかった。蒸《じょう》気《き》船《せん》が普《ふ》及《きゅう》すると、風に左右されることは、ほぼなくなるのだが。

「おかやん、まだがんばっちょるね」

「おお、おまんは、万次郎、ようきちょくれたねえ」

かがんで作業していた母の志《し》をは、立ちあがろうとして、よろめいた。とっさに東一郎がかけよって抱《だ》きかかえた。万次郎が紹介《しょうかい》した。

「一番目の倅《せがれ》だが、夏休みじゃけんつれてきた。おかやんの孫の東一郎だよ」

「おばあちゃん、東一郎です。はじめまして。お会いできてうれしいです」

「そうかい、そうかい。おお、りっぱな若者《わかもの》やあ。ようきてくれた」

老母は、孫の頭から足まで、細い眼《め》で三度、上から下まではわせて、すっかり気に入ったようで、よろこんだ。東一郎は当時、東大の医学生だった。

このときの帰郷が、母とのさいごの別れとなった。

中ノ浜帰省も、これが最終である。

滞在《たいざい》の一〇日ほどは、来客で忙《いそが》しかったが、舟《ふね》に乗せてもらって釣《つ》りもたのしんだ。

「おかやん、おかやん、見ちょくれ。スズキだ。三尺《じゃく》のごちそうじゃ。二本ぜよ」

獲物《えもの》を自慢《じまん》する万次郎《まんじろう》が、おかやんにはうれしい。でも別れの日はやってくる。

「おかやん、まだまだ九〇まで大丈夫《だいじょうぶ》やろう。無理せんで、元気でな。またくるで」

「いやじゃ、いやじゃ。もう会えんじゃろに。帰らんでくれ」

「また会いにくるけん」

「この老いぼれをほたくって行くか。帰るなっていいよるに」

このときのおかやんは、聞きわけがなく幼《おさ》な児《ご》のように、泣いて引きとめた。

これが、生涯《しょうがい》の別れだと、予感したのだろうか。

四年後の明治一二（一八七九）年、おかやんは八七歳《さい》で生涯をおえた。流行したコレラによるらしい。万次郎の手帳に、戒名《かいみょう》と命日の五月二七日が記入されている。

一八八四（明治一七）年の夏には、デーモン牧師《ぼくし》が来日した。咸臨丸《かんりんまる》でハワイによって以来である。うれしい再会《さいかい》だった。デーモン牧師には、帰国するとき、どれほど世話になったことだろう。ところが翌年二月、デーモン牧師は天寿《てんじゅ》七一歳で、ハワイでみまかった。

さらに、翌一八八六（明治一九）年、ホイットフィールド船長が、二月一四日（新）八二歳で天に召《め》された。

万次郎の人生にとって、心のすべてが分かりあえる、もっとも大切な恩人《おんじん》が、この数年で次つぎにされた。

この世を去っていかれたのだった。

さて万次郎《まんじろう》は、病から立ちなおり、晩年《ばんねん》の六一歳《さい》のときにも捕鯨《ほげい》に出漁したらしい。

一八八八（明治二一）年の正月に、中古の帆船《はんせん》カタリヤ号（三四二トン）を購入《こうにゅう》し、六月ごろ海洋に出て天体を観測《かんそく》し、英語でメモしたものがある。

目的地に行くなら航路は直進なのに、じぐざぐだったうえに、小笠原諸島《おがさわらしょとう》の先の島のない方にもむかっていた。この齢《よわい》になっても、捕鯨への執念《しゅうねん》を燃《も》やしていたといえよう。漁獲《ぎょかく》その他《ほか》、詳《くわ》しいことは記録にない。

2 「ケチの中万《なかまん》」

うなぎは万次郎の好物で、浅草のうなぎや「やっこ」には、よくいった。この店に「さわ」という万次郎ファンの仲居《なかい》さんがいた。まだ一四歳《さい》の少女だった。

歌舞伎《かぶき》『土佐半紙初荷艦《とさはんしはつにのおおふね》』を芝《しば》の新富座《しんとみざ》で興行《こうぎょう》したときには、三回も観《み》にいった。とくに三幕《まく》目《め》に夢中《むちゅう》になった。なにしろ、主人公が店の常連《じょうれん》の万次郎なのだから。

でも店での万次郎の評判《ひょうばん》はよくない。仲居の先輩《せんぱい》がさわをばかにするようにいう。

「あんたが熱をあげているのは、万次郎に化けた役者の左団次《さだんじ》じゃないか。ケチ万のじじいじゃないだろ」

それは、女将《おかみ》にたしなめられる。

「お客さまのかげ口をきくもんじゃない。お客さまは、だいじな福の神なんだから」

その日も万次郎《まんじろう》は、勝麟太郎海舟《かつりんたろうかいしゅう》とこの店で会うやくそくで、勝が先にきていた。

「中万《なかまん》はまだかい。あいつは変わりもんで、料亭《りょうてい》では『ケチの中万』で有名だそうだな」

女将が首をふって打ち消すようにいった。

「とんでもございません。そんなことありませんですよ。中浜《なかはま》さまは、いまや歌舞伎《かぶき》の主人公で、どこでもえらいお噂《うわさ》しておりますの。だって、お芝居《しばい》で開国反対のお侍《さむらい》たちに囲まれて、斬《き》られそうになったあの場面だって、ほんとにあったことでござんしょ。あ、ちょうど、いらっしゃいました」

勝とは、幕府《ばくふ》海軍で草わけの軍艦教授所《ぐんかんきょうじゅしょ》や、咸臨丸《かんりんまる》のときからの友人で、この店でもよく酒食を共にする親しい友人である。

「あんたも政府《せいふ》に入って役人になれよ。クジラ追っかけることばかり考えておったら、出世できんぞ」

「いや、わたしは自由に生きていきたいですね。別に、出世する気はないし」

「それじゃ政治家《せいじか》になれ。明治二二年に憲法《けんぽう》が出されて、議会が始まるよな。あんたが願っていた議会じゃないか。選挙で議員になれば政治家《せいじか》だ。政府にものが言えるぞ。どうだ、おれが応援《おうえん》してやる。

とにかくあんたは歌舞伎《かぶき》の主人公、応援《おうえん》のやりがいがある」

「わたしは、えらくなりたいと思ったことはないですよ。議員も性《しょう》に合いませんな」

いつも勝《かつ》に攻《せ》められるが、万次郎《まんじろう》は、さらりとかわすのだった。

「おいおい、せっかくのご馳走《ちそう》だ。きょうも、いくらも食っておらんな」

「わたしは、生きるのに必要なだけを、おいしく頂《いただ》いたら幸せいっぱいでしてね」

そこでさわを呼《よ》び、たのむのも例のとおりだった。

「すまないが、これを折につめてください」

「おい、中万《なかまん》よ。もうそれもやめたらどうだ。ケチの中万と噂《うわさ》されるぞ」

「お気づかいはありがたいが、わたしは、何いわれようと気にしませんよ」

さわは、よその仲居《なかい》さんにも、同じ噂を聞いている。このころは、食べのこしを「折につめてくれ」とたのむのは、万次郎ぐらいだった。

万次郎を料亭《りょうてい》にさそって、海外の知識《ちしき》を求めたり、貿易《ぼうえき》の相談をする人は少なくない。万次郎に教わって成功したお偉い人がけっこういて、そういう人たちとも料亭でつきあっていることはわかっている。

そんなとき、万次郎はかなり食べのこして、仲居さんに、折につめるようたのむらしい。

「残りもの持っていくなんて」

「中万さんは有名な人なのに、ケチだねえ」

どこの料亭でも、万次郎《まんじろう》が帰ると、そう顔を見あわせるらしい。

さわも、心のなかでは思っている。

――ケチでなければ、中浜《なかはま》さんっていい人なのに。

ある日さわは、万次郎が店に忘《わす》れていった風呂敷《ふろしき》包を、自宅《じたく》へ届《とど》けに行った。と、そのとき、「あっ」とおどろいた。みすぼらしい汚《きたな》い乞食《こじき》が、入り口で万次郎と話していた。思わず木陰《こかげ》に身をかくした。

「わざわざ、挨拶《あいさつ》にきてくれたか。ありがとうよ。まだ盆《ぼん》のこの暑さだ。みんなに飲み水に気をつけるよういってください」

そういうと万次郎は、袋《ふくろ》をひとつ手渡《てわた》した。米を入れた袋のようだ。

盆や暮《く》れには、中浜家《なかはまけ》に乞食の親分があいさつにくる。さわは、はじめてその場を見て、「何で、乞食があいさつに」とふしぎでならない。

乞食は、頭をふかくさげて礼をいうと帰ったが、中から女の人がそこに出てきた。

「たびたび乞食にこられては、きたなくて困《こま》りますよ。こないようにいってくださいまし」

「わたしは、まずしい漁師《りようし》の子に生まれて、いくら働いても暮《く》らしが苦しかった。それが、わたしには運がひらけて、いまの生活がある。ああいう運命の人が気の毒でね、はげましてやりたいのだよ」

――ほんとうに変わったお人だわ。

さわは、お芝居《しばい》を見ているような気分になった。

万次郎《まんじろう》にとって、「人間に上下はない」ということが当たり前だったのである。

次に万次郎が、やっこで食事した日のこと。さわがお使いの帰りに、橋を渡りかけたとき、万次郎を見かけた。万次郎は橋の上から下に声をかけていた。

「おーい、ベクはおるかい。上がってこいよ」

「やあ、中浜《なかはま》の旦那《だんな》だ」

橋の下で、雨露《あめつゆ》をしのいでいる男が、着物の形もしてないボロをまとったまま橋の上にやってきた。

「きょうは、おまえたちの番だよ」

「ありがてえ。いつもお忘《わす》れなく、うれしいことで」

のこしたごちそうの折づめをわたして、しかも親しそうに話しあっている。

さわはびっくりした。

「そうだったのか。ケチで折をたのんだわけじゃない」

さわは帰ってから、女将《おかみ》さんにそれを話すと、

「めずらしいお人だねえ。それじゃあ、まるで仏《ほとけ》さまみたいじゃないか」

女将さんも、じーんときたらしい。

のちに勝《かつ》は、その話を聞いて大笑いした。

「あいつはな、大名とも話すし、乞食《こじき》とも話す、日本でただひとりの、世にもふしぎな男なんだよ」

十四 臨《りん》終《じゅう》(一八九八年)

万次郎《まんじろう》は、晩年《ばんねん》になると、元土佐藩下屋敷《もととさはんしもやしき》から京橋弓町《きょうばしゆみちょう》にうつって、長男の東一郎《とういちろう》夫妻《ふさい》と一七年間くらした。

ひとりもの想《おも》いにふけるとき、粉骨砕身《ふんこつさいしん》とり組んできた生涯《しょうがい》が、くり返し脳裏《のうり》に映像《えいぞう》となって映《うつ》るのだった。

——いまは老体をもてあますが、思いおこせば捕鯨船《ほげいせん》のころは、けっこう敏捷《びんしょう》にたちまわっておったものだな。

——藤九郎《とうくろう》がいた島、あの島での苦労は、忘《わす》れたくても忘れられない。一番丸でいったときも、おびただしい藤九郎の群《む》れがおったなあ。そして、わたしは、「ここは日本の領土《りょうど》だ。藤九郎の島ゆえ、島の名は、『鳥島』がよい」と、「大日本属島《ぞくとう》鳥島」の標《しるし》を立ててきた。

——わたしの運命は、まことに不思議そのもの、すべて神にみちびかれた一生であった。ホイットフィールド船長のおかげで、今日のわたしがある。あの愛情《あいじょう》と気高さに、わたしは、わずかでも近づけたろうか。

——帰国のとき、わたしは日本を開国させると、身のほど知らずの意気ごみだった。

幸運にも、阿部伊勢守《あべいせのかみ》さまに意見を問われ、無我夢中《むがむちゅう》でのべたことが採用《さいよう》されたのだ。

——漁師《りょうし》の倅《せがれ》が、航海術《こうかいじゅつ》の本を翻訳《ほんやく》したり、航海術をおしえ、近代船の建造《けんぞう》にもかかわったり、おもえば夢《ゆめ》のまた夢のごとき生涯《しょうがい》であった。


一八九八（明治三一）年一一月一二日、小春日和《こはるびより》。

万次郎《まんじろう》は、長男の嫁《よめ》の芳子《よしこ》に、「うん、いつもの抹茶《まっちゃ》をたのむよ」とお茶をたててもらい、それに角砂糖《かくざとう》をひとつ入れ、焼きたてのパンで朝食をとった。

食後、新聞を読みはじめると、孫の糸子《いとこ》が、

「じいちゃまは、すぐ新聞だから、いやじゃ」

と新聞をとりあげようと引っぱった。万次郎も、

「糸子になんか、とられないよ」

と、しばらく新聞を引っぱりあい、たわむれていた。

東一郎《とういちろう》は、だいじな会議があって出かけていた。

万次郎は、昼には好きな芋《いも》がゆを、茶碗《ちゃわん》に半分食べて、家人との会話も交《か》わしていたが、間もなく、ふらっと人事不省《じんじふせい》におちいった。

そのまま眠《ねむ》るがごとく、七一歳《さい》の生涯をしずかに閉《と》じたのである。

あとがき

中浜万《なかはままん》次郎《じろう》は、「ジョン万次郎」の名でわりと知られています。しかし、本人はそのように名のったことがないのに、勝手にそう呼《よ》ばれるのは心外《しんがい》でしょう。ですから、わたしは「中浜万次郎」として通しました。

漁に出て漂流《ひょうりゅう》し、生死の境《さかい》をさまよいながらも運よくのりきった万次郎の、少年期から青年期にいたるドラマは興味《きょうみ》が尽《つ》きませんし、異国《いこく》でのけなげな生き方も感動的です。今日のわたしたちにとって学ぶところが大きいと思います。

ところで、そこまではかなり紹介《しょうかい》されてきたのですが、祖国《そこく》のために万次郎が尽くした役割《やくわり》については、それほど伝えられていません。日本の歴史を前へ進めるのに貢献《こうけん》した人物のうちで、万次郎はとかく見落とされがちでした。自己宣伝《じこせんでん》もせず、手柄顔《てがらがお》もしないつつましい人でしたから。わたしは中浜万次郎という人物に注目していたので、早くから万次郎の一生を、わたしなりの歴史観、人物観をもって書きたいと思っていました。

万次郎は日本の封建《ほうけん》社会と、アメリカでの生活で体験した民主主義とを的確《てきかく》にとらえ、日本に機械文明の発達と併《あわ》せて、市民的な民主主義を実現《じつげん》したかったにちがいありません。

福沢諭吉《ふくざわゆきち》は万次郎に英語を学んだ門人で、やや遅《おく》れて日本に西欧《せいおう》文明をとり入れる役をつとめましたが、一生とおして民主主義者にはなれませんでした。ひかえめながら誠実《せいじつ》な生き方をした万次郎とは対照的です。

実力よりも身分で人間の価値《かち》を決めた時代ですから、まずしい漁師《りようし》出身というだけで軽蔑《けいべつ》されました。しかし、帰国した当初の万次郎《まんじろう》は、日本でただひとり西欧《せいおう》の文明を伝えられる立場でしたから、どうしても幕府《ばくふ》には必要でした。それなのに、「日本を開国させるためのアメリカのスパイだ」と疑《うたが》われて監視《かんし》され、活躍《かつやく》を制限《せいげん》され、天分を十分に発揮《はっき》できなかったことは、変革期《へんかくき》の日本にとって大きな損失《そんしつ》だったと思っています。

それでも長期の鎖国《さこく》によって事実上は危機《きき》にあった祖国《そこく》を、開国させて新時代に導《みちび》く役割《やくわり》でなしえた業績《ぎょうせき》を、彼《かれ》の生き方と併《あわ》せて読みとってください。

本書を著《あら》わすにあたり、多くの文献《ぶんけん》に学ばさせていただきました。とくに故中濱博《こなかはまひろし》氏の『中濱万次郎――「アメリカ」を初めて伝えた日本人』（冨山房《ふざんぼう》インターナショナル）の資料《しりょう》を多く活用させていただきました。謹《つつし》んで感謝《かんしゃ》の意を表します。また、方言についてご指導《しどう》いただいた西村多津子《にしむらたづこ》さん、躍動的《やくどうてき》なすばらしい絵を描《えが》いてくださった篠崎三朗《しのざきみつお》さん、そして本書を生み出すうえで、もっともお世話になった新日本出版社《しゅっぱんしゃ》の丹治京子《たんじきょうこ》さん、さらに、かげの仕事でお骨折《ほねお》りくださった同社の方々、ほんとうにありがとうございました。心から御礼《おんれい》申し上げます。

二〇一四年一二月

岡崎《おかざき》ひでたか

参考文献

＊中濱博著『中濱万次郎―「アメリカ」を初めて伝えた日本人』二〇〇五年　冨山房
＊中浜博著『私のジョン万次郎―子孫が明かす漂流150年目の真実』一九九一年　小学館
＊マーギー・プロイス著　金原瑞人訳『ジョン万次郎―海を渡ったサムライ魂』二〇一二年　集英社
＊石川榮吉著『欧米人の見た開国期日本―異文化としての庶民生活』二〇〇八年　風響社
＊古谷多紀子著『中浜万次郎―日本社会は幕末の帰国子女をどのように受け入れたか』一九九七年　近代文芸社
＊童門冬二著『ジョン万次郎』一九九七年　学陽書房
＊春名徹著『世界をみてきたジョン・マン』一九八六年　講談社
＊井伏鱒二著『ジョン万次郎漂流記』一九九九年　偕成社
＊宮永孝著『万延元年のアメリカ報告』一九九〇年　新潮社
＊土居良三著『咸臨丸海を渡る』一九九二年　未来社
＊砂田弘著『咸臨丸の男たち―勝海舟・ジョン万次郎・福沢諭吉』一九九〇年　講談社
＊加来耕三著『評伝　江川太郎左衛門―幕末・海防に奔走した韮山代官の軌跡』二〇〇九年　時事通信社
＊土居良三著『軍艦奉行木村摂津守―近代海軍誕生の陰の立役者』一九九四年　中央公論社
＊犬丸義一・中村新太郎他編著『物語日本近代史1―3』一九七〇―七一年　新日本出版社
＊半藤一利著『幕末史』二〇〇八年　新潮社
＊田中弘之著『幕末の小笠原―欧米の捕鯨船で栄えた緑の島』一九九七年　中央公論社
＊安藤優一郎著『幕末維新消された歴史』二〇〇九年　日本経済新聞出版社
＊童門冬二監修『幕末・維新のしくみ』一九九八年　日本実業出版社
＊萩慎一郎ほか四名共著『県史　高知県の歴史』二〇〇一年　山川出版社

西暦	旧暦	歳	万次郎に関したことがら	社会的なできごと
一八二七	**文政一〇年**			
一・二三	一・一		土佐の国幡多郡中ノ浜に生まれる。	天保八年六月、アメリカ船モリソン号が砲撃され退去。 天保一〇年、オランダ風説書は、アヘン戦争の開戦を知らせる。
一八四一	**天保一二年**	一四		
一・二七	一・五		宇佐浦から筆之丞、重助、五右衛門、寅右衛門と共に、五人で漁に出る。	
一・二九	一・七		荒天により漂流が始まる。	
二・五	一・一四		鳥島に上陸。無人島生活始まる。	
六・二七	五・九		捕鯨船ジョン・ハウランド号に救助される。	五月、高島秋帆が、徳丸ケ原で西洋砲術の訓練を披露した。
一一・一			万次郎はホノルルで漁師仲間と別れ、ホイットフィールド船長と共に出港。捕鯨を続ける。	一一月、江川太郎左衛門が韮山で鉄砲の鋳造を始める。
一八四三	**天保一四年**	一六		
五・六 五・七			ジョン・ハウランド号ニューベッドフォードに帰港。翌日上陸。アメリカ生活が始まる。 （オックスフォード小学校に就学） （スコンチカットネックの農場の家に移る） （スコンチカットネック・スクールに通学）	
一八四四	**天保一五年**	一七	（バートレット・アカデミーで学ぶ）	七月、オランダ国王が国書で日本に開国を促す。
一八四六	**弘化三年**	一九		四五年、オランダの忠告に対し、開国は拒否とする返書を送る。
五・一六			捕鯨船フランクリン号の乗務員として出港。	
一八四七	**弘化四年**	二〇		
三・一二			グァム寄港、ホイットフィールド船長に手紙を出す。「帰国の意思、日本を開港させたい」	

一一・二八		二一	フランクリン号マニラ入港、デービス船長病気のため下船、入院、帰国を依頼する。	
一八四八	**弘化五年**			
一月			万次郎は一等航海士（副船長）になる。	
一〇・二八	**嘉永元年**		ホノルルで伝蔵（筆之丞）、五右衛門と再会。	
一八四九	**嘉永二年**	二二		
九・二三			フランクリン号ニューベッドフォード帰港。	
一一・二七			金山をめざし、スティグリッツ号出港。サンフランシスコへ海路で向かう。	
一八五〇	**嘉永三年**	二三		
五月下旬			サンフランシスコ着、サクラメントを経て金山に入る。	
九・一七			金山を出た万次郎は、サンフランシスコからハワイへむけて出航。	
一二・一七			ハワイで、帰国の準備をし、サラ・ボイド号でホノルル出港。	
一八五一	**嘉永四年**	二四		
二・三	一・三		琉球摩文仁《まぶに》小渡浜《おとはま》に上陸。	
八・二七	八・一		鹿児島着。（四〇日滞在中、島津斉彬と面談）（洋式帆船の模型を作る）	七月、オランダ船が、中国で太平天国の乱が起きたことを伝える。
一〇・二三	九・二九		長崎着、長崎奉行所の取り調べはじまる。	
一八五二	**嘉永五年**	二五		
	六・二五		迎えの衆と共に、長崎を出発。土佐へ。	
八・二五	七・一一		高知に着く。（一〇・一高知出発、故郷へ）	

西暦	旧暦	歳	万次郎に関したことがら	社会的なできごと
一二・一六	一〇・五		中ノ浜に帰り着く。母と対面。 （三日後、土佐藩主より出仕を命じられる）	
	一一・一二		土佐藩に登用され、武士となる。	
一八五三	**嘉永六年**	二六	【ペリー日本遠征艦隊 第一回、浦賀に来航】	
七・八	六・三		阿部老中より江戸に召され、高知を出立する。	
九・三	八・一		江戸に着き、土佐藩邸に入る。	
一〇・二	八・三〇		辞令により、幕府の直臣となる。 （深川の江川太郎左衛門の屋敷内に住む） （中浜の姓を名のる）	
一八五四	**嘉永七年**	二七	（江川の許で、洋式蒸気船の建造にとりくむ）	三月、吉田松陰が、アメリカに密航をくわだて失敗、自首する。 七月、オランダから航海術を伝えに来航する。 八月、日英和親条約に調印。 一二月、日ロ和親条約に調印。
二・一一	一・一四		ペリー日本遠征艦隊七隻で第二回来航、江戸湾小柴沖に碇泊。	
三・一〇	二・一二		団野鉄と結婚する。	
三・三一	三・三		【日米和親条約を締結】	
	安政元年			
一八五五	**安政二年**	二八		六月、オランダ国王から蒸気船スンピン号（観光丸）贈られる。 一〇月、安政の江戸大地震。
	一・一六		江川太郎左衛門英龍が病死。	
一八五六	**安政三年**	二九		七月、アメリカ領事ハリス来日。
	四月		中ノ浜に帰省、母を訪問する。	
一八五七	**安政四年**	三〇	軍艦教授所の航海術の教授に任命される。	
	春		江川家と共に、芝新銭座に転居する。	

	六月		『ボーディッチの航海書』の翻訳が完成。	
八・二六	七・七		長男東一郎 生まれる。	
一一・二九	一〇・一三		捕鯨術を指導のため箱館（函館）へ出立。（到着は一一・一七（旧）、一〇日滞在）	
一八五八	**安政五年**	三一	**【日米修好通商条約を結ぶ】**	七月、日蘭、日ロ、日英、日仏修好通商条約、貿易商程に調印。
	三・一二		再度、箱館丸にて箱館へ出張。三・二三着。	九月、安政の大獄はじまる。
一八五九	**安政六年**	三二		
	三月		君沢型壱番御船による捕鯨に出る。	五月、幕府は、神奈川、長崎、箱館開港と、ロ、仏、英、蘭、米との自由貿易を許可する。
	九月		『英米対話捷径』をつくる。	
			咸臨丸の渡米使節の通訳ときまる。	
一八六〇	**安政七年**	三三		
二・一〇	一・一九		咸臨丸、勝ら九〇人乗り組み、浦賀を出港。	
三・一七	二・二六		咸臨丸サンフランシスコ着港。	三月、桜田門外の変。大老井伊直弼が暗殺される。
三・二四	三・四		咸臨丸、メア・アイランド海軍工廠でドック入り。五・一（新）修理完了でもどる。	
	万延元年			
五・八	閏三・一九		咸臨丸、サンフランシスコを出港する。	
五・二三	四・四		咸臨丸、ホノルルに寄港する。（デーモン牧師に再会、『ボーディッチの航海書』と脇差を贈る）	
五・二五			ホイットフィールド船長への手紙を託す。	
六・二三	五・五		咸臨丸、浦賀に帰着する。	
	八・二五		軍艦操練所の教授を免職される。	
一八六二	**文久元年**			
一・三	一二・四	三五	小笠原島の開拓調査に咸臨丸で行く。	

西暦	旧暦	歳	万次郎に関したことがら	社会的なできごと
一八六二	**文久二年**	三五		
四・七〜	三・九〜		父島、母島、住民に日本領土の承認を得て、	五月、幕府は蕃書調所を洋書調所に変える。
	三・一六		父島から下田に帰り着く。	
八・一六	七・二一		妻、鉄病死、二五歳。	
一八六三				
二・一七	一二・二九		壱番丸にて捕鯨のため浦賀を出港する。	五月、長州藩は下関で外国船を砲撃。翌年八月英、仏、米、蘭の報
	文久三年	三六		
四・七	三・九		ボートを造り、父島で捕鯨準備して出航する。	復攻撃うける。
六・六	四・二〇		ホーツン事件、強盗未遂で外国人二人逮捕。	七月、薩摩藩はイギリス艦隊と戦う。(薩英戦争)
	五・九		壱番丸、浦賀にもどる。	
一八六四	**元治元年**	三七		七月、禁門の変で長州敗北。幕府の第一次長州征討。
	一二月		薩摩藩に請われ、開成所の教授に就任する。	
一八六六	**慶応二年**	三九		一月討幕の薩長同盟結ぶ。
	一月		中ノ浜に母を訪ねる。母七四歳。	六月幕府の第二次長州征討。
	三・三〇		招かれて、高知に行き、開成館に赴任。	
	七・七		後藤象二郎と長崎へ出発。(七・二五長崎着)	
	八・二五		後藤象二郎と上海へ行き、土佐の船を契約。	
	一〇・二四		再び上海に行き、注文船を監督。	
	一二月末		江戸へ帰着。家族と新年を過ごす。	
一八六七	**慶応三年**			
	四・七	四〇	鹿児島へ行き、開成所で教授をつづける。	四月、亀山社中が土佐藩の海援隊となる。
	一一・一一		開成所の任期が終了し、江戸に向かう。	
	一一・二五		江戸三田の薩摩屋敷が焼き討ちにあう。	一〇月、将軍が大政奉還。

一八六八	**慶応四年** 一・三 四・一一 五月 **明治元年** 一〇・一三	四一	【鳥羽、伏見の戦い。戊辰戦争はじまる】 【江戸城開け渡し。七月一七日江戸が東京に】 徳川家は駿河七〇万石に封じられ、幕臣の万次郎は辞職。 土佐藩にもどる。江戸砂村の下屋敷を賜る。	三月、西郷と勝の会見で、江戸開城で和平成立。
一八六九	**明治二年** 三月	四二	明治新政府より、開成学校教授に任命される。	五月、五稜郭開城、戊辰戦争が終わる。
一八七〇 九・二四 一〇・三〇	**明治三年** 八・二八	四三	ヨーロッパ出張のため横浜から出帆。 ホイットフィールド船長を訪問。一泊する。	
一八七一 二・二六	**明治四年** 一・八	四四	ロンドンより帰国。神戸に着く。	円・銭、十進法の貨幣制度。
一八七二	**明治五年** 太陽暦採用	四五	【太陽暦に改め、この年の旧暦一二月三日を明治六年一月一日とした】	新橋、横浜間の鉄道開通。六歳から義務教育始まる。
一八七三	**明治六年**	四六	中ノ浜に母を訪問する。	徴兵令で国民皆兵となる。
一八七五	**明治八年**	四八	東一郎を伴い、中ノ浜に母を訪問する。	七七年一月、西南の役がおこり、九月までつづく。
一八七九 七・一六	**明治一二年** 五・二七	五二	母、志を病死する。八七歳。	
一八八八 二・一四 六月	**明治二一年**	六一	『土佐半紙初荷艦』が歌舞伎で上演される。 小笠原方面へ、捕鯨航海に出る。	九四年、日清戦争開戦。
一八九八 一一・一二	**明治三一年**	七一	万次郎、脳溢血にて死去。七一歳。	

岡崎《おかざき》ひでたか

1929年東京都生まれ。作品に「鬼が瀬物語」(全４巻)『天と地を測った男――伊能忠敬』（以上くもん出版)、『荷抜け』「ゆかいな神さま」シリーズ（以上新日本出版社）他がある。日本児童文学者協会・日本子どもの本研究会会員。

篠崎三朗《しのざきみつお》

福島県生まれ。桑沢デザイン研究所専攻科卒業。現代童画会ニコニコ賞、高橋五山絵画賞受賞。『おかあさんぼくできたよ』（至光社)、『おじいさん のランプ』（小峰書店）がミュンヘン国際児童図書館において国際的に価値のある本に選ばれる。

万次郎《まんじろう》
——地球《ちきゅう》を初《はじ》めてめぐった日本人《にほんじん》

2015年1月25日　初　版　　NDC913 198P 20cm
2015年8月25日　第2刷

作　者　岡崎ひでたか
画　家　篠崎三朗
発行者　田所　稔
発行所　株式会社新日本出版社
〒151-0051 東京都渋谷区千駄ヶ谷4-25-6
営業03(3423)8402
編集03(3423)9323
info@shinnihon-net.co.jp
www.shinnihon-net.co.jp
振替　00130-0-13681
印　刷　光陽メディア　製　本　小高製本

落丁・乱丁がありましたらおとりかえいたします。

ISBN978-4-406-05855-1　C8393　Printed in Japan

黒潮
鳥島